Inhalt

AF272100

Herstellung und Verlag:
Books on Demand GmbH, Norderstedt
ISBN 978-3-8391-3605-8

Vorwort

Sind wir nicht alle ein Produkt der Gene, aber auch stark in unseren Aktionen und Reaktionen beeinflusst durch unsere Umwelt?

Spielt es nicht eine sehr große Rolle, wo, wie und mit wem wir aufwachsen, um letztlich zu dem Menschen zu werden, der wir geworden sind?

Dies ist ein Buch vieler persönlich erlebter Geschichten und Abenteuer .Es zeigt die Zeit nach dem Krieg, ein kleines Stück der Entwicklung von Deutschland, von NRW als Kohlestandort und natürlich die Reaktionen auf die neue Lebenssituation der Menschen, beeinflusst durch das so genannte Wirtschaftswunder.

Es war für mich der Übergang vom Kind zum Erwachsenen mit vielen Irritationen, Enttäuschungen und Glücksgefühlen.

Das Leben besteht permanent aus Begegnungen mit anderen Menschen.

Aus diesen Begegnungen sind die unterschiedlichsten Situationen entstanden. Gute und schöne Erinnerungen und auch weniger gute und richtig schlechte und schlimme Begegnungen und Erlebnisse.

Ich bin dankbar dafür, dass mich diese Menschen einen Teil meines Lebenswegs begleitet haben. Ich bin auch froh darüber, dass ich aus dem Handeln und Reden, sei es noch so falsch gewesen, meine Lehren ziehen konnte.

Mögen wir alle unsere Vergangenheit achten und richtig beurteilen,
unsere Gegenwart richtig leben,
und in unserer Zukunft das Erlernte richtig umsetzen.

Jugendgeschichten

Es war die Zeit des Aufbruchs, des Neuanfanges für das ganze Land.
Der zweite Weltkrieg war erst ein paar Jahre vorbei und überall gab es noch sichtbare und unsichtbare Risse und Wunden, die noch nicht verheilt waren.
Sichtbar an den noch teilweise zerstörten Häusern und unsichtbar in den Herzen der Menschen, für die die Kriegserlebnisse immer noch sehr präsent waren.
Es war die Zeit der Gastarbeiter, die Deutschland unbedingt brauchte, aber keiner so richtig haben wollte.

Ich gehörte also zu den vielen Kinder der so genannten Nachkriegsgeneration.
Der Generation, die damals die Hoffnung Deutschlands darstellte und die eine bessere Zukunft haben sollte, aber deren Weg noch von jedem Einzelnen gefunden werden wollte.

Nicht alle Abenteuer und Erlebnisse sind sicher objektiv betrachtet genau so geschehen, wie ich sie in meiner Erinnerung behalten habe. Aber ich versuche sie so wiederzugeben, wie ich sie empfunden habe.
Dabei spielen die damals empfundenen Gefühle eine so große Rolle,– dass das was wirklich geschehen ist (manchmal) bestimmt in den Hintergrund getreten ist.

Wenn ich mich zurück erinnere so stammen die ersten Erlebnisse aus der Zeit, als ich ca. dreieinhalb bis fünf Jahre alt war. Sie ereigneten sich zum größten Teil bei meinen Großeltern mütterlicherseits, die so etwas wie meine eigentlichen Bezugspersonen waren. Es gibt natürlich auch Geschichten, die wir meine drei Jahre jüngere Schwester und ich mit meinen Eltern erlebt hatten, aber diese sind heute nicht so in meiner Erinnerung geblieben, wie eben die bei Oma und Opa.

Eine Wassertoilette war damals noch nicht die Norm und so mussten wir unsere kleinen und größeren Geschäfte auf dem Plumpsklo erledigen. Dieses war in einem Stallanbau untergebracht.
Ohne Heizung und mit spärlichem Licht, bestand die Toilette aus einem erhöhten Kasten mit Holzdeckel in dem sich ein kreisrundes Loch befand.
Anfangs hatte ich immer Angst einmal dort durchzufallen und in den unter mir liegenden Fäkalien zu landen. Mit der Zeit störten mich aber nur die Fliegen und Spinnen, die neben ab und an blitzartig auftauchenden Mäusen ständige Begleiter der Toilettengänge waren.

Ich erinnere mich noch gut an den Tag als mein Opa Jauche auf seinen Garten brachte.
Er hatte die Jauchegrube geöffnet und fischte mit einem Jaucheeimer - einem Eimer mit einem langen Besenstiel - die Jauche aus der Grube und brachte diese eimerweise als natürlichen Dünger auf das Stück Land, das sich hinter dem Haus und der Werkstatt meines Großvaters befand.
Ich fand die Sache anfangs ganz schön interessant, aber sehr bald verlor ich das Interesse und übte lieber Hubschrauberfliegen, zumal aus der Jauchegrube ein ziemlich schlimmer Gestank entwich.
Meine Flugmanöver bestanden aus dem Vorwärts- und Rückwärtsflug (Laufen) und meine Flugbahn war vorgegeben durch die Gehwegplatten, die vom Haus bis in den Garten führten.

Zu Beginn der Flüge achtete ich peinlich genau darauf nicht in den geöffneten Jaucheschacht zu stürzen, aber mit der Zeit wurde ich mutiger und unvorsichtiger.

Bei einem meiner Rückenflüge passierte es dann: Ich fiel in die Jauchegrube.

Zu meinem Glück hatte ich jedoch schon eine solch gute Körperbeherrschung, dass ich meine Beine im Fall spreizte und nun zwar mit einem Bein in der Grube, aber mit dem anderen Bein und meinem Armen noch oben auf den Gehweg hing.
Ich rief um Hilfe und mein Opa eilte herbei. Er zog mich aus der Gefahrenzone und Oma, die auch schnell auf dem Flugfeld war, steckte mich sofort in die Badewanne.
Na ja, sofort ist übertrieben, denn zuerst wurde ich mit kaltem Wasser abgewaschen und als das Wasser auf dem Kohleherd endlich heiß war, wurde die Prozedur auch für mich etwas erträglicher.
Es dauerte gefühlte Stunden bis ich wieder einigermaßen sauber war, aber den Geruch, besser gesagt den Gestank, bekam ich tagelang nicht aus der Nase.

Meine Seifenkiste

Eine andere Sache passierte als mein Opa beschloss eine Seifenkiste für mich zu bauen.
Man muss wissen, dass wir uns ein Seifenkistenrennen angesehen hatten und ich davon total begeistert war. Die Wagen rasten von einer Rampe herunter durch mehrere Kurven bis sie, wenn der Fahrer Glück hatte, in einer Strohballenmauer zum Stehen kamen.

Also machte sich mein Opa ans Werk. Er hatte schnell einen Plan im Kopf. Mein alter Kinderwagen sollte als Grundstock für den Rennwagen dienen.
Mit echten Speichenrädern, richtigen Achsen und so weiter. Natürlich lenkbar und pfeilschnell. Ein Siegerauto!
Es dauerte ungefähr eine Woche bis Opa anfangen konnte.

In der Zwischenzeit kam ein Klüngelskerl, auch Lumpensammler genannt, mit seinem Wagen, einem alten motorisierten Dreirad, vorbei. Ich überlegte was ich zu Geld machen könne und fand die Kotflügel meines Kinderwagens. 4 Pfennig bekam ich dafür!
Diese Summe setzte ich sofort in Kaugummi um (vier Kaugummis) und war natürlich sehr stolz auf meinen guten Handel.

Mein Opa sah das allerdings etwas anders und ich bekam mehrfach und sehr laut zu hören,
dass ich doch nur Unfug im Kopf hätte und er die vier Kotflügel doch so gerne an meinen Rennwagen montieren wollte. Ein Rennwagen mit Kotflügeln?

Ich verstand das alles nicht und schmollte an diesem Nachmittag.

Nun wurde es aus meiner Seifenkiste nichts, aber ich bekam Ersatz. Opa baute mir eine riesige Holzlokomotive. Zum Selbstfahren. Die schönste die es je gab!
Ich war glücklich und vergaß den Rennwagen schnell.

Allerdings war jetzt das Untergestell meines Kinderwagens mit den Rädern überflüssig.
Ich entdeckte es als ideales Sportgerät für mich.
Ich schob den Restwagen vor mich her und lief immer schneller. Als ich nicht mehr schneller konnte, warf ich mich mit einem Satz auf das Gestell, hatte aber nicht berücksichtigt, dass die Straße etwas abschüssig war und so war der Wagen schneller als ich, und ich landete auf dem Asphalt.
Schürf- und richtige Brandwunden an den Beinen, den Armen und im Gesicht erinnerten mich noch Tage danach an meinen kleinen Unfall.

Der Wunderheiler

Die Nächte bei Oma und Opa waren sehr kalt. Eine Heizung gab es nicht, nur einen Kohleherd in der Küche und ein Ofen im Wohnzimmer. Das Schlafzimmer konnte nicht beheizt werden. So verbrachten wir die Nächte dick eingedeckt im Bett mit den Großeltern.

Es ist so wie gestern, wenn ich an eine Nacht zurückdenke, in der etwas sehr Eigenartiges passierte.

Opa arbeitete auf dem Pütt (Bezeichnung für den Bergbau) und hatte sich dort den Zeigefinger verletzt. Die ganze Hand war verbunden.

In dieser Nacht wachte ich auf und sah, dass der Verband aufgegangen war und der Finger sich von der Hand gelöst hatte.

Zum Glück schlief Opa und hatte davon nichts bemerkt. Er hätte sicher Angst bekommen.

Ich nahm den Finger und steckte ihn wieder an die Hand. Dann schlief ich weiter.

Am nächsten Morgen fühlte sich mein Opa schon viel besser und einige Tage später konnte er die Hand wieder voll belasten.

Später ist mir eine solche Heilung nie wieder gelungen.

Die Musikkapelle

Mehr aus den Erzählungen meiner Eltern als durch meine eigenen Erinnerungen möchte ich eine weitere Jugendepisode aufzeichnen.

Opa war sehr musikalisch. Er gründete im Bottroper Stadtteil Eigen einen Posaunenchor mit.

Auch meine beiden Onkel, Johann und Günter, spielten dort Trompete, Posaune und Tenorhorn (natürlich auch im Chor).

Bedauerlicherweise war ich dafür mit meinen nunmehr vier Jahren aber noch zu klein. Ich konnte eine Trompete kaum hochheben und ergänzte deshalb die kleine Heimkapelle mit meinem Schlagzeug. Kein richtiges Schlagzeug, aber zwei Topfdeckel, die, wenn man sie aufeinander schlug, fast den Klang eines echten Beckens erzeugten. Also konnte ich den wichtigen Part des Taktgebers übernehmen.

Nach den Schilderungen der Verwandten sind wir vier aufgestellt wie die Orgelpfeifen so durch die Nachbarschaft gezogen und haben anständig und wohl auch laut Musik gemacht.

Bei der Musik bin ich auch später geblieben, allerdings lernte ich das Trompete spielen und war auch ab dem 11. Lebensjahr als Laienstudent für einige Jahre am Folkwanggymnasium in Essen Werden. Ich durfte später als Jungendlicher und Erwachsener in verschiedenen Musikkapellen und Chören spielen und leitete auch selbst übergangsweise einen Posaunenchor, nachdem der Chorleiter gestorben war.

Der nächtliche Ausflug

Im Alter von dreieinhalb Jahren, meine Schwester war
gerade mal sieben Monate alt, hatte ich folgendes Erlebnis,
das noch sehr gut bei mir im Gedächtnis haften geblieben
ist:
Ich hatte in dieser Nacht sehr schlecht geträumt und wachte
auf. Durchgeschwitzt stieg ich aus meinem Bettchen und
wollte zu meinen Eltern.
Doch sie waren nicht da! Meine Schwester war auch nicht
da. Was war passiert?
Ich bekam Angst. Suchte überall, in der Wohnung und auf
dem Balkon.
Vor lauter Angst machte ich mir auch noch in die Hose, die
ich wie auch meine schweißnasse Schlafanzugsjacke
auszog.
Meine Eltern waren nicht zu finden! Ich war ganz allein!
Ich beschloss sie zu suchen.

Wir wohnten zu dieser Zeit in einer kleinen Wohnung im
ersten Stock eines Hauses am Plankenschemm in Bottrop,
ganz in der Nähe wo heute die Autobahn 42 entlangführt.
Ich öffnete die Wohnungstür, die zum Glück nicht
verschlossen war und ging die Stufen hinab bis zu dem
Podest auf dem mein Tretroller stand. Das Ding war aus
Metall und hatte riesige Ballonreifen. Ein Superteil, aber
sehr schwer. So rutschte der Roller schneller als ich wollte
die letzten drei, vier Stufen hinunter, wobei er mich fast
überholte und ich ihn von hinten gegen die Beine bekam.
Trotz der Schmerzen ging ich weiter, öffnete die Haustür
und fuhr in Richtung Essener Straße, weil ich annahm, dass
meine Eltern zu Besuch bei Verwandten am Hauptbahnhof
gewesen waren.

Das war auch richtig, wie ich später erfuhr, aber so weit kam ich nicht, denn unser Nachbar, der die Wohnung im Erdgeschoss bewohnte, hörte den Lärm, den ich mit dem Roller gemacht hatte und er holte mich nach ca. 200 Metern ein.

Den Rest der Nacht verbrachte ich auf dem Sofa der Nachbarn, bis mich meine Mutter von dort abholte.

Am nächsten Morgen bekam ich Einiges zu hören.

Zum Schluss stellte meine Mutter mir die Frage, warum ich denn splitterfasernackt unterwegs gewesen sei.

Als fast Vierjähriger kannte ich mich mit der Kleiderordnung der Erwachsenen schon gut aus und so entgegnete ich entrüstet: *„Aber Mutti, ich kann doch nicht im Schlafanzug auf die Straße gehen!"*

Ich kann mich nicht daran erinnern, dass meine Eltern mich später noch einmal allein gelassen haben.

Hexen-Oma

An die Mutter meines Vaters, also meiner zweiten Oma,
habe ich nur sehr wenige Erinnerungen. Mein Opa
väterlicherseits war im Krieg gefallen.

Ich weiß konkret noch nicht einmal, ob diese Erinnerungen
tatsächlich vorhanden sind, oder ob sie nur ein Spiegel der
Erzählungen meiner Eltern und der alten vergilbten Fotos
sind, die ich in meinem Gedächtnis gespeichert habe.

Allerdings sind auch heute noch einige Spuren einer Tat
meiner Oma körperlich vorhanden, denn sie hat mich als
Säugling versucht in einen heißen Kohleofen zu stecken.
Brandnarben an den Fersen und am Po zeugen noch von
diesem Erlebnis. Ich selbst weiß es nur aus den Berichten
meiner Eltern.
Warum dies geschah ist mir bis heute unbekannt. Aber
meine spärlichen realen Bilder, die ich noch im Kopf habe,
zeigen mir, dass Oma wohl sehr krank war und das Ganze
wahrscheinlich in einem Anfall geistiger Umnachtung
passierte.

Ich erinnere mich noch gut daran als Oma krank im Bett lag
und meine Eltern immer wieder aufs Neue mit dauernden
Wünschen und Befehlen drangsalierte: sie wollte Milch,
dann lieber Tee, dann besser Kaffee und zuletzt dann doch
lieber Milch.
Meine tyrannisierten, gestressten Eltern und auch die
Streitereien meiner Eltern über das Verhalten von Oma sind
wie eingebrannt in meinem Kopf vorhanden.

Warum meine Oma in meinem Gedächtnis als Hexe
gespeichert worden war, liegt vielleicht an diesen

Vorkommnissen und auch an der gebückten Körperhaltung und ihrem Kopftuch, das sie häufig trug. Dieses Bild habe ich ebenfalls nie vergessen.

Als Oma starb - ich war ca. vier Jahre alt - bekamen wir Besuch von der Schwester und dem Schwager meines Vaters aus Regensburg.
Es gab nach der Beerdigung einen riesigen Streit zwischen meinem Vater und den beiden, die uns dann spontan verließen.

Ich glaube, dass ich mich nur deshalb so gut daran erinnere, weil ich mir genau zum Zeitpunkt des Streites ganz fürchterlich meine Finger mit einer Spielzeugpistole eingeklemmt hatte. Man sagt ja, dass Schmerzen und die zeitgleiche Situation sehr gut im Gedächtnis gespeichert werden.

Meine Tante und meinen Onkel habe ich nie wieder gesehen.

Gartenabenteuer

Zu der Wohnung in der wir damals lebten, gehörte auch ein
Garten, den mein Vater mit allerlei Gemüse und ein paar
Ziersträuchern und Blumen mit viel Einsatz und Liebe
gepflegt hatte.
An der einen langen Seite befand sich ein Stallgebäude mit
einem Auslauf für zwei Schweine.
Es machte mir großen Spaß auf den Zaun zu klettern und die
Schweine zu streicheln.
Ich hatte sie richtig gern. Sie waren wie Hunde und die
mochte ich auch sehr.
Auch die Schweine genossen wohl die persönliche
Betreuung durch mich.
Irgendwann war das erste Schwein weg und etwas später
verschwand auch das zweite.
Niemand sagte mir wo meine Freunde geblieben waren.
Ich hatte meine eigene Theorie und dachte, dass die
Schweine wohl ihre Verwandten besuchten. Das war bei uns
so üblich und es gab keinen Grund anders über Schweine zu
denken.
Leider kamen die beiden nie mehr von ihrem Besuch zurück
und ich war ein wenig sauer auf die untreuen Gesellen.
Ich wünsche mir dann doch lieber kein Schwein zum
nächsten Geburtstag.

Irgendwann kam ich dann auf den Gedanken meinem Vater
bei der Gartenarbeit zu helfen.
Mein Freund Leonard, er war ein Jahr älter als ich, half mir
dabei.
Wir machten uns an die Arbeit und begannen mit dem
Unkrautvernichten.
Es gab sehr viel davon. Und so kam es, dass das Ganze in
Schwerstarbeit ausartete.

Wir fanden auf einem Wiesenstück eine alte Matratze auf die wir dann das ganze Unkraut warfen und die uns als Transportmittel zum Komposthaufen diente.
Wir waren sehr fleißig und konnten nach gefühlten fünf Arbeitsstunden endlich aufatmen.
Geschafft! Alles Unkraut war weg. Ein paar Blumen mit sehr großen Stacheln hatten wir allerdings stehengelassen.

Ich war sehr gespannt was mein Vater zu unserer Arbeit sagen würde.
Aber als er nach Hause kam, fiel das Lob doch etwas anders aus als ich gedacht hatte.
Wir hatten alles was im Garten an Gemüse, Sträuchern und Blumen wuchs, herausgerissen und entsorgt.
Alles bis auf die Disteln. Die hatten wir stehen gelassen.

Mein Lob bestand in einer kräftigen Tracht Prügel und einer Woche Stubenarrest.

Die Freude an Gartenarbeit kam erst nach etlichen Jahren als Erwachsener wieder und hielt sich auch dann in Grenzen.

Besuche beim Homöopathen

Soweit ich mich zurückerinnern kann, hatte ich in der Zeit bevor ich in den Kindergarten kam immer unerklärliche Bauchschmerzen. Ich verbrachte manche Stunde mit der Wärmeflasche auf dem Leib, was aber in den meisten Fällen nicht besonders viel half.

Immer und immer wieder überfielen mich diese Schmerzen. Meine Mutter brachte mich das eine oder andere Mal zum Hausarzt, der mich ich glaube zwei oder drei Mal ins Krankenhaus schickte, in dem ich wegen des Verdachts auf Blinddarmentzündung jeweils ein paar Tage verbrachte. Diagnostisch war aber nichts dabei herausgekommen und so musste ich noch etliche Zeit mit dem Problem leben - bis mich meine Oma zu einem Heilpraktiker in die Nachbarstadt schleppte. Dieser stellte die Diagnose „ Leber und Galle" und verkaufte meiner Oma 10 Fläschchen mit unterschiedlichen Tropfen. Diese Tropfen mussten in einer genau festgelegten Reihenfolge mit Wasser verdünnt werden und dann durfte ich das Zeug, nachdem es einige Zeit im Mund verweilen sollte, herunterschlucken. Obwohl stark mit Wasser verdünnt, schmeckte es fürchterlich. Ungefähr wie eine Mischung aus Maschinenöl und Spülwasser. Zwar hatte ich noch andere Vorstellungen was eigentlich in der "Medizin" drin sein könnte, aber darüber wollte ich nicht länger nachdenken, denn dann wäre mir das Ganze wieder regelmäßig mit Erfolg hochgekommen.

Es lag wohl an mir, da ich die Medizin zwar schluckte, aber nicht richtig an eine Heilung glaubte: Es half alles nichts. Die Schmerzen waren nach wie vor da.

Nach etlichen Brechmittel-Tropfen und ohne Ergebnis ging der Homöopath dann zu stärkeren Waffen über. Ich bekam Spritzen direkt in meinen Bauch. Diesmal musste ich mich nicht beinahe übergeben, wie bei den Tropfen, sondern dafür taten die Spritzen viel stärker weh als meine „normalen" Bauchschmerzen. In der Folgezeit durfte ich die Prozedur zweimal in der Woche erdulden. Als auch dies nichts nutzte, gab mir der Heilpraktiker den Rest, in dem ich als Höhepunkt noch Spritzen in den Nacken bekam. Danach war die Behandlung beendet.

Ich weiß nicht, ob meinen Großeltern das Geld für die Konsultationen des Wunderdoktors ausgegangen war, oder ob sie auch nicht mehr so richtig an einen positiven Ausgang geglaubt hatten: Auf jeden Fall war ich den Heilpraktiker los.

Ein paar Wochen später auch meine Bauchschmerzen.

Ich kann nicht sagen ob das Zurückgehen meiner Beschwerden mit der Behandlung zu tun hatte, aber eines war klar: es war nicht der Beginn einer großen Freundschaft zwischen
den Medizinern und mir.

Zur Erholung auf der Insel Norderney

Ich weiß nicht ob das häufigere Auftreten meiner
Bachschmerzen dazu geführt hatte mich zur Erholung zu
schicken, aber auf jeden Fall hatte ich das zweifelhafte
Glück mit fünf Jahren fernab von Eltern, Freunden und
Verwandten fünf Wochen in den Urlaub fahren zu dürfen.
Mein Vater arbeitet damals bei der Ruhrkohle AG und
dieser Arbeitgeber unterstützte die Mitarbeiter und deren
Angehörige über die Betriebskrankenkasse der
Bundesknappschaft in jeder Beziehung.
Also wurden ein paar zusätzliche Sachen zum Anziehen
gekauft und ich wurde mit ein paar Dutzend anderen
Kindern am Essener Hauptbahnhof in einen Zug gesteckt.
Das Gefühl abgeschoben zu sein kam zuerst nicht auf, aber
es stellte sich dann doch ab dem dritten Tag ein und ich war
sehr allein und traurig.
Das Leben in so einem Erholungsheim war vor allen Dingen
von Disziplin geprägt.
Morgens: pünktlich aufstehen, waschen, frühstücken,
mittags: essen, Mittagsschlaf und abends: Abendessen und
Ende. Dazwischen lagen Wanderungen zum Strand und
überraschenderweise auch mal Wanderungen zum Strand.
Das Schlimmste für mich war, dass auch die Toilettengänge
zeitlich genau festgelegt waren.
Es war uns strengstens untersagt z. B. in der
Mittagsschlafzeit zur Toilette zu gehen.
Warum das so war, wollte und konnte man uns nicht
erklären. Vielleicht brauchten auch die Blasen Disziplin und
Erziehung? Ich hatte jedenfalls aus diesem Grund jeden Tag
fürchterliche Angst vor der Mittagszeit.
Essenstechnisch kann ich mich nur an das Frühstück
erinnern und hier besonders an den Teller Haferschleim, der
schmeckte als wenn er schon mal verdaut worden war.

Brot und Marmelade gab es spärlich, sodass bei entsprechendem Hunger auch der Haferschleim einigermaßen erträglich schien.

Es wäre eine sehr langweilige Erholung geworden, wenn ich nicht in dieser Zeit krank geworden wäre und nicht ins Inselkrankenhaus gebracht worden wäre.
Ich hatte Scharlach, was damals wohl eine ziemlich ernstzunehmende Krankheit war.
Deshalb bekam ich ein Einzelzimmer auf der Isolierstation, wo ich sehr nett von den Krankenschwestern wie ein kleiner Prinz umsorgt wurde.
Im Nachbarzimmer lag ein Mädchen, das im gleichen Alter war wie ich und dessen Eltern wohl Mitleid mit mir hatten, denn sie besuchten auch mich und brachten mir jedes Mal kleine Geschenke mit.
Ich wusste von dem Mädchen, weil ich nachts kleine Ausflüge machte und auch öfter das Nachbarzimmer besuchte. (Ich war zwar auf der Isolierstation, aber unsere Zimmer waren nicht abgeschlossen).
Auch meine Eltern (wohl eher meine Großeltern) ließen etwas von sich hören, denn ich bekam ein oder zweimal Post aus Bottrop. Einmal sogar ein Päckchen mit einem Spiel als Geschenk.
Die größte Freude machten mir allerdings die Eltern meiner Krankenhausfreundin. Sie brachten mir eine Laterne mit.
Ein richtige St. Martin-Laterne mit echter Kerze.
Es war ein tolles Geschenk und so fieberte ich dem St. Martinsstag entgegen, an dem meine Laterne hell leuchten sollte.
Es kam zunächst wie erwünscht. Eine Schwester zündete die Kerze an und hängte die Laterne an den Fenstergriff. Das

sah sehr schön aus, bis zu dem Zeitpunkt als die Laterne Feuer fing und ich laut nach den Schwestern um Hilfe rief. Schnell war eine Schwester da und löschte die Laterne. Zum Glück war nichts Schlimmeres passiert.

Ein paar Tage später durfte ich zum ersten Mal nach draußen und ich besuchte mein Erholungsheim, das sich in unmittelbarer Nähe auf dem gleichen Gelände befand.
Leider war keines der Kinder mehr da, mit denen ich nach Borkum gekommen war.
Die anderen waren bereits vor mehr als drei Wochen wieder nach Hause gefahren. Traurig ging ich zurück ins Krankenhaus.

Meine Eltern hatten keine Zeit und auch kein Geld um mich zu besuchen oder mich wieder nach Hause zu begleiten. Eine Sozialarbeiterin machte sich dann eine Woche später mit mir auf den Heimweg.
In Essen wurde ich dann spätabends von meiner Oma am Essener Hauptbahnhof abgeholt und wir fuhren gemeinsam von dort nach Hause.

Meine „Erholungszeit" hatte anstatt 5 Wochen insgesamt 8 ½ Wochen gedauert.

Die lieben Verwandten

Wenn ich zurückblicke, dann sehe ich viele Verwandte, die vor meinem geistigen Auge noch ziemlich präsent sind und andere, die nur noch als Name oder nicht mal als das existieren. Das liegt wohl zum einem an dem mehr oder weniger intensiven Kontakt, den meine Eltern und damit auch wir als Kinder zu diese Verwandten hatten. Sicher auch zum anderen an den Erlebnissen, die ich heute noch mit diesen Personen verbinden kann.

Die Bilder einiger Personen haben sich allerdings auch im Laufe der Zeit verändert.

Ich denke, dass dies mit dem eigenem Älterwerden, dem realistischeren Beurteilen und natürlich dem Altern der betreffenden Personen zu tun hat.

In meiner Vorstellung waren z.B. die Frauen meiner Onkel (Brüder meiner Mutter) wunderschön und nett und diese Vorstellungen sind später durch die Realität so zurecht-gerückt worden, dass sie überhaupt nicht mehr zueinander passten.

Auch die ursprüngliche Sympathie war im Nachhinein nicht mehr zu spüren.

Ich respektierte sie, aber ich verehrte sie nicht mehr.

So wurden später aus, ich möchte wieder das Beispiel der Tanten nennen, wunderschönen Frauen, doch ziemlich unansehnliche und auch knorrige Wesen.

Ich gebe hier dem Zahn der Zeit die größte Schuld. Auf der anderen Seite hat man als Kind wohl mit solch einer unvoreingenommenen Art Eindrücke aufgenommen und bewertet, die wohl Jahre später mit einer gewissen Menschenkenntnis und Lebenserfahrung betrachtet, nicht der Wirklichkeit entsprachen.

Somit habe ich (wohl) meistens die Einstellung und Meinung meiner Eltern und Großeltern über die Personen übernommen. Als Kind kann man sich halt nur an den Bezugspersonen orientieren. Das Bilden einer eigenen Meinung war im Laufe der Zeit erst durch die kritische Bewertung der Verhaltenweisen und Reaktionen der eigenen Eltern und der Auseinandersetzung damit möglich.

Eine Schwester meiner Oma (es gab nur Verwandte der mütterlichen Seite) wurde immer als etwas schmuddelig beschrieben. Ich selber kannte sie nur vom Sehen.
Es wurde immer wieder eine Geschichte erzählt, die mir durch das ständige Wiederholen der-selben noch heute einfällt.
Diese Großtante hatte sich einmal zum Mittagsschlaf auf das Sofa gelegt. Ihr Mann (der Name ist weg) soll zu ihr gesagt haben: „Deck dich zu, du stinkst nach Limburger Käse".
Das Ganze wurde im besten Plattdeutsch wiedergegeben und führte bei jedem Familientreffen auch später noch zur allgemeinen Belustigung.

Dann gab es noch einen Cousin meiner Oma in Essen Stoppenberg.
Der Stoppenberger Johann mit seiner Frau Minna
Onkel Johann war wohl damals arbeitslos oder Musiker oder ein arbeitsloser Musiker.
Ich weiß es nicht mehr, nein genauer gesagt, habe ich nie gewusst was er eigentlich machte.
Das war auch für einen, ich glaube so ca. Fünfjährigen wie mich, nicht wichtig.
Sehr unheimlich war für mich, dass der Stoppenberger Johann und Tante Minna eine sehr dunkle Wohnung hatten in der nur schwarze Möbel standen. Dominant war vor allen Dingen das schwarze Klavier, das einen großen Teil der Wohnung und des Tageslichts schluckte.
Neben dem Klavier hatte Onkel Johann eine Klarinette, ein Bandoneum und auch eine Geige, die im Gegensatz zu den

anderen Gegenständen in der Wohnung nicht schwarz, sondern braun war.

Ich bin mit meinen Großeltern gern zum Stoppenberger Onkel Johann und Tante Minna gefahren, weil alles dort so unwirklich schien, wie in einer anderen dunklen Welt und Zeit.
Ich durfte unter fachkundiger Anleitung Onkel Johanns Instrumente nach Herzenslust ausprobieren, was mir riesigen Spaß machte.
Gerne denke ich an die beiden zurück.

Ganz anders waren die Besuche bei Onkel Fritz.
Zunächst muss ich berichten, dass Onkel Fritz ein Eisenbahner war und in der Nähe des Hauptbahnhofs gewohnt hatte. Was er genau gearbeitet hatte, war mir (auch) verborgen geblieben. Onkel Fritz war verheiratet mit Tante Mieze. Ich konnte mich nie an diesen Namen gewöhnen.
Diese Tante hatte sich wohl partnertechnisch nach einem anderen Mann umgesehen und Onkel Fritz weinte sich regelmäßig bei meinen Eltern aus.
Er war ziemlich schwerhörig und so waren die stattfindenden Gespräche noch in der Nachbarwohnung zu hören. Ich war dadurch unfreiwillig immer aktuell informiert.
Nach der Scheidung hatte aber auch Onkel Fritz bald eine neue Frau gefunden: Tante Änne.

Eine kleine, aber sehr resolute Frau, die einen Sohn mit in die Ehe brachte. Dieser Knabe war ziemlich dumm und hatte später auch Probleme mit der Polizei.

Das Einzige was an dem Knaben interessant war, war sein Guppy-Aquarium, das er Fischglases nannte. Aquarium war wohl zu schwer auszusprechen.
Weil mir aber das „Fischglases" mit den Fischen sehr gut gefiel, erfüllten mir meine Eltern (wohl mehr meine Muter) später meinen Wunsch eben auch ein solches Aquarium zu besitzen.

Nachdem diese „Fischglasesattraktion" bei Onkel Fritz und seiner neuen Familie für mich Alltag geworden war, waren die Besuche bei den Dreien für mich nur noch langweilig.

Opas Tod

Mein Opa war mein Freund. Nicht nur ein Verwandter, sondern auch ein Seelenverwandter.

Er war im Krieg zur Marine gegangen und auf einem Unterseeboot stationiert gewesen.

Nach dem Krieg hatte er eine kleine Schuhmacherwerkstatt, die später eine Zeit lang von meinem Onkel Johann weitergeführt wurde.

Zu diesem Zeitpunkt arbeitet mein Opa auf einer Zeche, denn dort wurden Männer gesucht und auch sehr gut bezahlt. Weil aber Mangel vor allen Dingen an männlichen Arbeitskräften bestand, holte man sich ein paar Jahre später die so genannten Gastarbeiter ins Land.

Opa arbeitet einige Jahre auf dem Pütt (Ausdruck für die Zeche) bis die Bergleutekrankheit Silikose im Volksmund Staublunge genannt auch ihn ereilte.

Von da an war er Rentner. Die Zechenrente war sicher nicht schlecht, denn er konnte sich sogar als Rentner ein Auto leisten. Es war ein Goggomobil, ein Zweitakter, heute noch vergleichbar mit Wartburg und Trabband (Trabbi), den Autos der DDR.

Das Goggomobil war spitze. Man konnte sogar mit vier Personen damit fahren.

Mit zwei Erwachsenen und zwei Kindern machte das „Geschoss" ungefähr achtzig Stundenkilometer.

Kopfstützen, Sicherheitsgurte, ABS, usw. waren Worte und Begriffe, die man erst später erfand. Aber man kam mit dem Auto überall hin.

Leider hatte mein Opa nicht lange Freude an seinem Auto, denn ein durch einen anderen Autofahrer verursachter Unfall, beendete jegliche weitere Versuche mit einem eigenen Auto unterwegs zu sein. Bei dem Unfall wurde Opa leicht und Oma, die auch mitgefahren war, schwer verletzt. Opa ist nie mehr selbst Auto gefahren, nur als Beifahrer.

Als Rentner suchte sich Opa eine leichte Tätigkeit. Er fand einen Aushilfsjob als Pferdekutscher. Ich kann mich noch gut an das Kaltblut Hennes erinnern. Die Leute sagten, wenn Opa angefahren kam: „Da kommt Hannes (von Johann) mit Hennes."
Als Hennes zu alt geworden war, durfte Opa ihn weiter versorgen, wobei ich ihn manchmal begleiten konnte.

Die Osterspaziergänge mit Opa sind in meinem Gedächtnis wie eingebrannt.
Stundenlang sind meine Schwester und ich mit unserem Großvater durch Wälder und Wiesen gelaufen und haben immer wieder neue Ostereier gefunden. Die gaben wir Opa zur Aufbewahrung, der sie dann so geschickt, dass wir den kleinen Schwindel nicht bemerkten, auf's Neue versteckte.

Als Schuhmachermeister hatte Opa natürlich geschickte Hände und so war basteln sein Hobby.
Irgendwann bekam ich von ihm eine elektrische Eisenbahn der Marke Trix Express zu Weihnachten geschenkt. Er begann passende Häuser zu bauen und baute mir eine Grundplatte, auf der meine - vielleicht sogar unsere - Eisenbahnanlage entstehen sollte.
Doch eine gemeinsame Eisenbahnanlage gab es aber leider nie, denn Opa bekam einen Schlaganfall. Ein Krankenwagen brachte ihn ins Krankenhaus, in das er aber

wegen Überfüllung nicht aufgenommen wurde. So verbrachte er noch einen Tag im Koma daheim und man holte ihn am nächsten Tag wieder ab. Im Krankenhaus musste er dann einen weiteren Tag auf dem sehr zügigen Flur liegen, wo er sich dann noch eine Lungenentzündung holte.
Durch seine Silikosevorerkrankung hatte sein Körper einfach keine Abwehrkräfte und so verstarb er in der nächsten Nacht auf dem Flur des Krankenhauses.

Unter heutigen Gesichtspunkten und mit den heutigen medizinischen Möglichkeiten wäre er wahrscheinlich zu retten gewesen.
Mein Opa war noch nicht einmal fünfundsechzig Jahre alt geworden.
Für mich als Zehnjährigen war sein Tod sein Schock.
Ich glaube, dass ich das Trauma bis heute nicht überwunden habe.

Viele Eigenschaften, die ich an mir später selber festgestellt habe, habe ich sicher von Opa geerbt:
Die Liebe zur Natur, besonders zum Wasser, zu Pferden, zum Basteln, zum Reparieren, zum Konstruieren, zum Planen, zum Aufbauen, zur Musik mit der Fähigkeit Musikinstrumente schnell zu erlernen und die Gabe gut mit Menschen umgehen zu können, sind nur einige davon.

Es gab vor Opas Beerdigung noch eine sehr seltsame Begebenheit von der wir zunächst aus der Zeitung erfuhren.
Als Opas Leichnam aufgebart worden war und am anderen Morgen ein städtischer Friedhofsmitarbeiter die Leichenhalle aufschließen wollte, konnte er die Tür nicht öffnen, weil etwas auf der anderen Seite der Tür lag. Es war eine männliche Leiche!
Zusätzlich war ein Fenster eingeschlagen worden.

Für uns alle war es ein zusätzlicher Schock.
Wir rätselten was dort wohl geschehen war.

Handelte es sich um Opa, hatte er hinter der Tür gelegen?
War Opa vielleicht nur scheintot gewesen, ist er in der
Nacht aufgewacht und hat versucht aus der Leichenhalle zu
kommen?

Die Sache wurde sehr schnell aufgeklärt.
Es waren Einbrecher in die Leichenhalle eingedrungen und
hatten dort eine Leiche, aus welchem Grund auch immer,
stehlen wollen.

Ich bekam einmal mehr einen Eindruck davon zu welchen
Handlungen Menschen fähig sind.

Weihnachten, das Fest der Hiebe

Wenn ich rückwirkend meine Eltern beschreiben soll, so
habe ich immer noch Schwierigkeiten mache Dinge richtig
einzuordnen.
Unsere Mutter ist immer als die Sorgende und alles
Organisierende aufgetreten.
Diese Bild und auch als Gegenpart das Bild unseres Vaters,
der als Choleriker oft als Feind der Familie, besonders als
Gegner unserer Mutter dargestellt wurde, ist von mir erst
sehr viel später als so nicht richtig erkannt worden.
Sicher hatten es meine Eltern in den ersten Ehejahren nicht
leicht. Vor meiner Geburt arbeitete meine Mutter bei der
Straßenbahn als Schaffnerin. Arbeitskräfte waren rar, denn
der Krieg hatte seine Opfer gefordert und viele Männer
waren gefallen und viele andere so schwer verletzt, dass ein
normaler Arbeitseinsatz in absehbaren Zeit nicht möglich
war. Mein Vater war zunächst auch im Bergbau untertage
als Hauer beschäftigt und er wollte später Kariere als Steiger
machen. Zum Zeitpunkt meiner Geburt lag er aber im
gleichen Krankenhaus wie meine Mutter, weil er (eben
untertage) einen Arbeitsunfall hatte. Dadurch scheiterten
seine beruflichen Ziele und er konnte später nur noch
übertage als Techniker im Büro arbeiten.
Also Vater und Mutter lagen beide im Krankenhaus (und)
mit Nachwuchs in meiner Person. Man muss sich vorstellen,
dass das soziale Gefüge und das so genannte soziale Netz in
diesen Jahren noch lange nicht dem Heutigen entsprach.
Kurz, es war wenig Geld in Haus.

Aus dieser Situation heraus war zu erklären, dass unsere
Mutter mit allerlei Haushaltsgeldtricks Vieles möglich
machte, was eigentlich finanziell unmöglich war. Sie achtete
wohl auf jede Mark, die sie ausgab, aber hätte mehr auf

jeden Pfennig achten sollen. Auch war das Haushaltsgeld, das sie von Vater bekam nicht immer ausreichend.

Wir Kinder bekamen das aber in der Regel nur in den Wochen vor Weihnachten mit, weil es dann fast täglich Streit wegen des Geldes gab. Meine Mutter musste meinem Vater gegenüber Rechenschaft über ihre Ausgaben ablegen und war dabei nicht immer aufrichtig.

Ein besonderer Streitapfel war jedes Jahr der Kauf des Weihnachtsbaumes. Meine Mutter kaufte den Baum, der meinem Vater immer zu teuer war. So kam es, dass die Preise zumindest für meinen Vater, eingefroren wurden. Ein Baum, der in einem Jahr (mit entsprechendem Streit) fünf DM kostete, kostete diese fünf DM noch die nächsten vier bis sechs Jahre fünf DM.

So ging es bei vielen Dingen mit dem Nachteil, dass Mutter natürlich viel mehr ausgegeben hatte und dieses Geld ihr natürlich fehlte. So brachten die Wochen und auch die Weihnachtsfeiertage immer sehr viel Unruhe durch den ständigen Streit meiner Eltern in unser Leben. Es flogen die Tassen und es kam zu körperlichen Angriffen, wobei wir Kinder nur unseren cholerischen Vater als den Urheber der „Familienkämpfe" identifizierten.

Blaue Flecken und auch schon mal eine blutige Nase waren das Ergebnis dieses Kleinkrieges.

Ich stand immer auf der Seite meiner Mutter, die ja für mich nur als Opfer feststand.

Vor meinem Vater hatte ich Angst, weil ich ihn nur als den brüllenden, um sich schlagenden
Streitverursacher erlebte.

Deshalb hasste ich Weihnachten. Das konnten auch nicht die Geschenke korrigieren.

Als ich ca. vierzehn Jahre alt war, gab es wieder am Heiligen Abend Streit, der bis zur schweren Körperverletzung führte und der wahrscheinlich zu noch Schlimmeren geführt hätte, wenn ich nicht vor lauter Panik meinem Vater, der auf meiner Mutter lag und sie würgte, mit ganzer Kraft auf den Kopf geschlagen hätte. Mein Vater ließ von meiner Mutter ab und der Streit war damit beendet. Ich zitterte am ganzen Körper.

Ich weiß nicht was damals wirklich der Auslöser für das Ende des Streites gewesen ist, aber in den nächsten Jahren gab es keine körperlichen Attacken mehr und auch die verbalen Streitigkeiten lagen im normalen Rahmen.

Meinen Vater zu schlagen, das war ein absolute Panikreaktion und sicher aus der Not heraus geschehen. Er hat nie mit mir über das Geschehene gesprochen und mich zum Glück nie mehr in eine solche Situation gebracht.

Für mich ist es wie ein Wunder, dass ich später wieder gelernt hatte mich auf Weihnachten und an den Vorbereitungen für das Fest zu freuen.

Das andere Weihnachten

Tatsächlich kann ich mich auch an eine andere Adventzeit und an Weihnachtsfeste, die weniger brutal waren, erinnern. Ich weiß nicht ob diese dann wirklich so waren, oder ob unsere Eltern einfach nur rücksichtsvoller waren und sich weniger oder wenigstens so
stritten, dass wir Kinder es nicht mitbekamen.
Meiner Schwester und mir war es lange ein Geheimnis, wie das Christkind denn am Heiligabend zu uns kommen konnte und gleichzeitig zu allen anderen Kinder.
Das überstieg unsere Vorstellungskraft.
Ein klein wenig wurde von diesem Geheimnis gelüftet als wir in der Vorweihnachtszeit einmal allein in der Wohnung waren und etwas im Wohnzimmerschrank suchten. Dabei fanden wir ein originalverpacktes Spiel. Es war das Angelspiel, das auf unserem Weihnachtswunschzettel gestanden hatte.
Natürlich probierten wir das Spiel sofort aus. Und als es uns gerade den größten Spaß machte, kam unsere Oma ins Zimmer. Sie schimpfte mit uns und nahm uns auch ein wenig unsere Weihnachtsillusionen indem sie erwähnte, dass das doch ein Weihnachtsgeschenk vom Christkind gewesen wäre.
Sie versprach uns nichts von unserer Schnüffelei unseren Eltern zu erzählen.
Als unsere Eltern nach Hause kamen, gab es zwar keine Prügel aber die Standpauke, die wir zu hören bekamen, war auch nicht schlecht.
Oma hatte uns doch verpetzt.

Dann hatte ich ein beinahe traumatisches Erlebnis. Mein Opa hatte kurz vor seinem Tod dafür gesorgt, dass ich eine kleine Eisenbahnanlage zu Weihnachten bekommen hatte.

Ein äußerer Kreis mit drei Weichen, einem Ausweich, und sogar einem Abstellgleis mit Prellbock gehörten genau so dazu, wie eine schwarze Rangierlokomotive mit zwei Güterwaggons, die ich auch beladen konnte. Das Besondere war, dass die Weichen elektrisch zu schalten waren und so hatte ich eine komplett ferngesteuerte Anlage.

Im Jahr danach, mein Opa war leider gestorben, wünsche ich mir genau zu der Eisenbahn passend die rote Diesellok V200, die überall im Land als Schnellzuglokomotive bei der richtigen Eisenbahn eingesetzt wurde.

Es war ja eigentlich noch die Zeit der Dampflokomotiven, die aber langsam und unaufhaltbar von den Dieselloks und etwas später auch den Elektrolokomotiven abgelöst wurden.

Auch ich wollte auf meiner Eisenbahnanlage mit dem Fortschritt mithalten.

Nur die V200 kam für mich in Frage: Vier angetriebene Achsen, ein starker Motor voller Power, rote Lackierung und eine sehr windschnittige Form.

Das war für mich einfach das Sinnbild der Eisenbahntechnik.

Ich weiß noch ganz genau, dass dieses Gedicht von einer Maschine 45,00 DM kostete.

Zu dieser Zeit sehr viel Geld, aber ich hatte nur diesen Wunschtraum im Kopf.

Am Heiligen Abend ging es alles viel zu langsam. Wir waren um 17:00 Uhr im Gottesdienst, der diesmal besonders lang erschien. Der Pfarrer bekam kein Ende und die Gemeinde sang auch ausgesprochen träge. Dann ab nach Hause. Es gab wie immer Kartoffelsalat mit Bockwürstchen. Ich verzichtete auf einen Nachschlag was aber nicht brachte, weil die anderen wohl sehr ausgehungert waren und das Christkind wohl immer noch keine Anstalten machte, dass die Bescherung losgehen konnte.

Es dauerte und dauerte.

Dann kam das Zeichen: Eine Glocke erklang und fast gleichzeitig setzte, wie von Engelshand eingeschaltet, der Plattenspieler ein und es erschallte das Lied „ Ihr Kinderlein kommet".

Nun gab es kein Halten mehr. Wir stürzten in das Weihnachtszimmer. Wir achteten kaum auf den geschmückten großen Christbaum, einem in Wirklichkeit ein wenig krumm gewachsenen Bäumchen, das nun einigermaßen gerade auf einem Ecktisch stand und uns vorgaukelte es würde sich um ein stattliche Tanne von ca. 2,50 Meter handeln.

Schnell hatten wir unsere Teller, die randvoll mit Süßigkeiten gefüllt waren und natürlich unsere Geschenke gefunden.

Zuerst packte ich die Geschenke aus, die wie ich vermutete, Kleidungsstücke enthielten.

Das war sofort an der Beschaffenheit zu erkennen und machte die ganze Sache irgendwie spannender. So konnte ich mich langsam bis zu meinem vermeintlichen Geschenkehöhepunkt durcharbeiten.

Mein Herz klopfte als ich endlich das entsprechende Paket in den Händen hielt.

Langsam wickelte ich das Geschenkpapier ab.

Ich wollte diesen einzigartigen Moment sehr langsam auskosten.

Als das Papier abgewickelt war kam ein Eisenbahnkarton zu Vorschein. Es war eine Lokomotive, aber: Nicht die Richtige!

Nicht meine rote V200, das einzigartige Sinnbild der Technik, die fast menschlich gewordene von mir abgöttisch geliebte Lokomotive!

Und das Jahrzehnte vor der Erfindung von STARLIGHT EXPRESS!

Dies war nicht Weihnachten, nicht das Fest der Liebe, der Geschenke, die man sich wünschte, nein, es war zwar das Drumherum, mit Weihnachtsbaum und Kerzen darauf und so.

Es war natürlich ein Weihnachten, auch mit Geschenken, aber nicht mein Weihnachten, - nicht mit meinem Geschenk.

Ich war enttäuscht und sehr traurig. In meinem Schmerz war ich außerdem ganz allein.

Wem sollte ich meine Enttäuschung mitteilen? Wer hätte mich verstanden?

Die Lokomotive, die ich dann endlich ausgepackt hatte, war eine große schwarze Dampflokomotive mit riesigem Tender, die eigentlich wunderschön war und die mit 90,00 DM viel mehr gekostet hatte, als meine Wunschlok.

Diese Tenderlok hatte nie eine Change bei mir. Ich konnte sie nie so lieben, wie die V200.

Ich respektierte sie und so durfte sie ab und zu nur ein paar Runden stehen und wenn ich besonders gut drauf war auch mein Waggonpaar ziehen.

Außerdem hatte diese Lok von Anfang an Schwierigkeiten beim Überfahren der Weichen. Sie entgleiste sehr oft. Ich hatte es ja immer schon gewusst, die V200 war einfach die und das Beste.

Vielleicht war es so, weil sie noch die „alte" Zeit der Dampflokomotiven verkörperte, oder aber vielleicht auch nur, weil ich mich so auf die V200 festgelegt hatte.

Ich habe übrigens total vergessen, was ich noch geschenkt bekommen hatte.

Dass meine Schwester eine neue Puppe bekam, die sie
Hans-Jürgen nannte, weiß ich aber noch.

Der Ernst des Lebens

Nachdem ich dem Kindergartenalter, ich hatte mich dort nie wohl gefühlt, entwachsen war, kam ich in die Volkschule im Stadtteil Ebel.

Mit der obligatorischen Schultüte in der Süßigkeiten waren bewaffnet, begann mein Ernst des Lebens.

In meinem Tornister befand sich ein Etui mit Griffeln und eine Tafel.
Sie war das Kernstück der Ausstattung.
Mit Griffeln schrieben wir auf der umweltfreundlichen Schiefertafel, wobei man sehr grässliche Töne erzeugen konnte. So richtig komplett war die Ausrüstung erst mit Schwamm und Lappen, die beide für das Säubern der beschriebenen Tafel nötig waren.
Der Lappen hing auch beim Transport aus dem Tornister.
Wir saßen zu zweit auf harten Bänken, die auch einen Behälter für Tinte hatten. Die Bänke stammten noch aus der Zeit des Schreibens mit dem Federkiel.
Später kamen ein Zeichenblock, Ölmalstifte, Bücher und ein Füllfederhalter sowie Schreibhefte dazu.

Ich kann mir das Klassenzimmer noch genau vorstellen, mit den alten Holzbänken und den Tischen, in denen jeweils ein Tintenfassbehälter eingebaut war.
Ein Tintenfass brauchte man um seinen Füllfederhalter auffüllen zu können. Man zog ähnlich wie mit einer Spritze die Tinte in den Füller, wenn dieser leer war.
Bald gab es aber den Patronenfüller und die Tintenfässer und das Gepansche mit der Tinte fanden zum Glück ein Ende.

Ich war so ungefähr einen Monat in der Schule, da hatte ich heftigen Körperkontakt mit dem weiblichen Geschlecht. Ich stieß mit Dagmar, der Schönsten aus meiner Klasse, beim Toben auf dem Schulhof zusammen, Dagmar hatte eine große Beule am Kopf, und ich ein so dickes Auge, dass man Angst hatte, es könne herausfallen. Nach ein paar Stunden Kühlung, damals mit stinkender „Essigsauerer Tonerde", ging die Schwellung zurück.
Später ist mir kein Auge mehr wegen eines Mädchens oder einer Frau fast ausgefallen.

Die Schule hatte einen katholischen und einen evangelischen Eingang. So waren alle Klassen (der Schüler/innen) in den jeweiligen Bereichen untergebracht. (Es gab also jeweils zwei Klassen in den Jahrgängen).

Auf dem Schulhof gab es eine solche Trennung nicht und so lief man Gefahr mit der anderen Konfession in Kontakt zu kommen. Kontakt bedeutete körperlichen Kontakt, sprich, es gab was auf die Nase.
Besonders schlimm war es für uns evangelische Schüler, wenn wir zur Toilette mussten.
Das Toilettenhaus befand sich auf dem Gebiet der Katholiken.
Meistens lief der Toilettengang nur so gefahrlos ab, dass wir zu dritt oder viert die Toilette aufsuchten.

Diese „Glaubenskriege" hielten bis zur 4. Klasse an. Danach ging ich zum Gymnasium und es gab die Konfessionstrennung nur noch beim Religionsunterricht. Wir wussten ohnehin nicht warum wir uns eigentlich bekämpften.

Die Schulhofkämpfer spielten daheim zusammen, als wenn nie etwas gewesen wäre.

Oma Scholz

Es fing in der dritten Klasse an. Wir wurden darüber informiert, dass es noch ein anderes Deutschland gab. Die Deutsche Demokratische Republik, kurz DDR genannt. Dort wohnte ein Teil unserer Verwandten und ehemalige Freunde unserer Eltern. Leider konnte keiner von denen zu uns zu Besuch kommen und auch für uns war es wohl nur sehr schwer möglich das andere Deutschland zu besuchen. Wir wussten dass „ die dort drüben" es sehr viel schwerer hatten als wir. Es dort gab viel weniger zu kaufen und das bezog sich auf fast alle Waren des täglichen Bedarfs, wie auch auf Dinge wie z.B. ein Auto. Während bei uns die VW Käfer und Passats, die Kadetts und Kapitäns von Opel, Fahrzeuge von Ford, Mercedes, BMW und anderen europäische Marken sowie langsam aber unaufhörlich Japaner die Straßen füllten, konnten man in der DDR nur auf Wartburg und Trabbands hoffen, deren Lieferzeit für Normalsterbliche bis zu 15 Jahren betrug.

Für uns ganz alltägliche Dinge, wie z.B. Kaffee, Bananen und Nylonstrümpfe bekam man dort nur sehr selten oder nie.

Es hatte den Anschein, als wenn die Zeit in der DDR mitten im Krieg stehen geblieben war.

Also ließ man sich von Seiten der BRD etwas Schönes einfallen.

Man erinnerte sich an die Hilfe (Care-Pakete), die (West)Deutschland zu Zeiten der Besatzung durch die Russen von den Amerikanern erhalten hatte.

Also wurden wir Kinder gefragt, ob wir nicht auch solche Lebensmittel und Anderes sammeln könnten um diese Sachen in die DDR zu schicken.

Anschriften von Bürgern der DDR bekamen wir zur Auswahl.

Ich suchte mir „Oma Scholz" aus. Eine damals ca. 70 Jahre alte Dame, deren Mann im Krieg gefallen war und die jetzt von ihrer Nichte betreut und gepflegt wurde.

Anfangs erwiderte Oma Scholz eigenhändig die Briefe, die ich ebenfalls in die Pakete gelegt hatte und bedankte sich bei mir und meinen Eltern. Später übernahm diesen Part die Nichte, weil Oma Scholz langsam erblindete.

Viele dieser Pakete kamen erst gar nicht beim Adressaten an. Die Sendungen wurden streng überprüft. Wir durften nicht alles schicken. Manche für uns harmlose Sachen wurden beanstandet und damit war das Paket verloren. Sehr gefährlich war es für die DDR-Bürger, wenn wir Wessis Tageszeitungen mitschickten.

Das war wohl, neben dem Versenden von Westdeutschen Geldnoten ein sehr schlimmes Vergehen und brachte im Wiederholungsfall die Beschenkten in arge Schwierigkeiten.

Es waren später nicht nur Danksagungen, sondern es kam mit der Zeit der eine oder andere Wunsch über die Mauer. Wenn zu Beginn der Aktionen einfache Schokolade und „normale" Nylonstrümpfe reichten, so konnte man wenig später bereits ein Markenbewusstsein feststellen, das den Schokoladenwunsch in Richtung Novesia Goldnuss, und die Strümpfe zu Strumpfhosen der Marke Falke wachsen ließen. Auch der „richtige" Bohnenkaffee sollte es schon sein. So vergingen ein paar Jahre des Wünschens, Schickens und des Bedankens bis die Nichte uns schrieb, dass Oma Scholz gestorben sei.

Irgendwie hatte ich das Gefühl, dass meine Eltern froh waren, dass der Kontakt nun einschlief.

Ich war wohl der Einzige, der ein wenig traurig war, obwohl ich Oma Scholz doch eigentlich nicht wirklich gekannt hatte.

Lagergeschichten

Meine Familie zog als ich sieben Jahre alt war in einen anderen Stadtteil um.

Das bedeutete für mich, dass ich eine andere Schule besuchen musste und natürlich den Verlust der alten Freunde. Neue Freunde fand ich sehr schnell, weil wir in einen Neubau zogen, in dem viele Familien mit Kindern wohnten. Überhaupt hatte jede Familie mindestens zwei Kinder und in unserem Haus gab es sogar eine Familie, die vier Kinder hatte. Dort kamen in den Folgejahren noch drei Kinder dazu.

Die Lage dieses Mehrfamilienhauses war nicht schlecht. Vor der Tür waren zwei Bushaltestellen und so hatten wir neben unseren Fahrrädern auch die sehr komfortable Möglichkeit mit dem Bus zum Einkaufen zu fahren. Spielmöglichkeiten waren ebenfalls genug vorhanden. Und so hatten wir Kinder wirklich paradiesische Möglichkeiten uns auszutoben, ganz anders als die Kinder von heute. Wir konnten noch in Wald, Wiese und Feld spielen, hatten aber auch angelegte Spiel- und Bolzplätze zur Verfügung.

Direkt neben unserem Haus befand sich das Morianheim, von uns immer Morianlager genannt.

Mit Lager wurde die Siedlung bezeichnet, in der zuerst die Gastarbeiter, später dann Aussiedler, untergebracht wurden.

Dieses „Lager" war in den ersten Jahren mehr ein Ghetto.

Mit einer Mauer und Zäunen umgeben und da wo der Eingang von der Straße aus befahrbar war, mit einem Eingangstor. Der Lagerleiter kontrollierte jeden, der nicht dort wohnte aber hinein wollte.

Unbefugten war es strengstens verboten das Lager zu

betreten.
Uns Kinder hielten aber weder die Zäune, noch die Mauern von regelmäßigen Besuchen ab.

Im Zuge der Arbeitskräfteanwerbung erkannte man sehr schnell, dass mehr Arbeitnehmer für den Aufschwung und Aufbau der Bundesrepublik Deutschland notwendig waren, als wir an arbeitsfähigen, männlichen Bürgern hatten. Also warb man Arbeitskräfte (Gastarbeiter) im Ausland an.
Zuerst kamen Italiener, dann Griechen, gefolgt von Türken und Jugoslawen.
Sprachprobleme, die fremde Umgebung, die zum Teil ungewohnte Arbeit sowie die aufeinandertreffenden unterschiedlichen Mentalitäten galt es für die neuen Mitbürger zu meistern.

Das ein oder andere Mal musste die Polizei erscheinen und auch eingreifen, wenn länderübergreifende Streitigkeiten eskalierten und manchmal zu ernsten Körperverletzungen führten.

Die Lebens - und Arbeitsbedingungen der Zuwanderer blieben lange sehr bescheiden. Die meisten kamen zunächst allein ohne Familienangehörige, lebten in Wohnheimen wie dem Morianlager und Baracken ohne Komfort. Ihr Ziel war es einen großen Teil des Einkommens nach Hause zu schicken oder zu sparen, um im Heimatland später eine bessere Existenz aufbauen zu können. Daher akzeptierten sie eher als die Deutschen "schmutzige" und körperlich schwere Arbeiten.

Der Anwerbestopp (1973) wurde zum eigentlichen Beginn des Daueraufenthaltes der Gastarbeiter. Viele holten jetzt ihre Familien nach und begannen sich auf eine längere Zeit in der Fremde einzurichten. Die Verbindungen zur Heimat reduzierten sich nach und nach, vor allem bei den Kindern, der zweiten Generation.

Gleichzeitig kamen die ersten Aussiedler ins Land. Diese wurden ebenfalls in den Wohnheimen untergebracht. Im Gegensatz zu den ursprünglichen Gastarbeitern kamen diese aber mit ihren Familien. Nicht zuletzt dadurch war eine Integration schneller möglich als bei der vorgenannten Gruppe der Gastarbeiter. Ab dieser Zeit bekam ich auch neue Freunde aus dem Morianlager.

Da war z.B. Hardy. Hardy war so alt wie ich, kam mit seinen Eltern und seiner jüngeren Schwester aus Polen. Er war ein exzellenter Fußballspieler. Ein echter Kumpel, der mit mir durch dick und dünn ging. Er tat mir leid, weil er in seiner Schule immer wieder gehänselt, heute würden wir sagen gemobbt, wurde. Oft beklagte er sich, er sei in Polen als „Deutscher" beschimpft worden und hier in Deutschland war er der „Pollack". Und er fragte sich, ob er nun ein deutscher Pole oder ein polnischer Deutscher wäre?

Neben Hardys Familie wohnte eine Familie mit zwei Söhnen aus Polen. Konrad und Michael. Konrad war zwei Jahre und Michael vier Jahre jünger als ich. Michael war zu damals jung als von uns als Spielkamerad beachtet zu werden.

Konrad war ebenfalls ein sehr guter Fußballer, dem man seine Gewandtheit und Schnelligkeit aber überhaupt nicht ansah. Er hatte im Verhältnis zu seinem restlichen Körper sehr kurze Beine, war sehr füllig und sah eher aus wie eine dicke Kugel. Deshalb war er unter seinem Spitznamen überall nur als „Dicker Konrad" bekannt. Der Dicke Konrad hatte einen so harten Schuss, dass jeder, der bei uns mal im Fußballtor gestanden hatte, sicher noch Erinnerungen an manch verstauchten Finger hat. Oft war der Torhüter dann einfach nur froh, wenn der Dicke Konrad den Ball direkt und unhaltbar ins Netz setzte.

Als die Aussiedler kamen war das Lager nicht mehr so abgeschlossen wie am Anfang. Es gab einen Durchgang zu unserem Haus und so mussten wir nicht mehr über die Mauer oder den Zaun klettern um mit unseren neuen Freunden zu spielen. Das war ja auch absolut notwendig, denn wie sollte eine Integration stattfinden, wenn die Neubürger immer noch abgeschirmt und isoliert im „Ghetto" gelebt hätten?

In diesen Jahren vermischte sich die Bevölkerung und so gibt es heute weniger Vorurteile den Aussiedlern gegenüber als in der ersten Zeit.

Manchmal zeigte sich auch sicher ungewollt diese Vermischung und Verbindung der Menschen. Es gab eine auch aus Polen zugezogene Familie, bei der man dies bemerken konnte. Auch diese Familie hatte zwei Kinder. Zu erwähnen ist, dass der Vater geschätzte 20 Jahre älter war als die Mutter. Da das Geld wie überall knapp war, hatte die Familie einen Untermieter, der aus Griechenland kam. Dieser arbeitet genau wie der Familienvater auf der Zeche und hatte ebenfalls wie dieser Schichtdienst. D.h. wenn der eine Mann im Haus war, war der andere arbeiten. Time-Sharing der besonderen Art! Nach einiger Zeit war die Mutter der Familie schwanger und gebar ein Mädchen, dass, ganz anders als die übrigen Familienmitglieder, eine sehr dunkle Hautfarbe und pechschwarze Haare hatte. Es war offensichtlich das Kind des griechischen Untermieters.

Irgendwie blieben aber alle zusammen und wohnten dort weiter unter einem Dach. Die Nachbarn zerrissen sich die

Mäuler und man munkelte, dass die beiden Männer nur ein Bett gehabt hätten, wo dann jeweils der gerade nicht arbeitende Mann geschlafen hätte.

Diese Art der Integration und Verbindung nannte man Bratkartoffelverhältnis. Für uns Kinder war es Aufklärung und Sexualunterricht.

Übernachtung mit Hindernissen

In einem Jahr, ich glaube, ich war ca. fünfzehn Jahre alt, durfte ich in den Osterferien mit meinem Freund Hardy zelten. Ich hatte ein Zelt zur Konfirmation geschenkt bekommen und wollte es unbedingt einmal ausprobieren. Das Problem war, dass wir zunächst einen Zeltplatz benötigten, der nicht weit weg von der Zivilisation, aber dennoch etwas abgeschieden liegen sollte. Nach langem Überlegen fanden wir den geeigneten Zeltplatz. Im Morianlager gab es hinter der Garagenanlage ein ungepflegtes Grundstück, das auf der einen Seite von den Garagenrückwänden und auf der anderen Seite vom Bahndamm der damals „Deutschen Bundesbahn" begrenzt war. Am Fuß des Bahndammes befand sich ein zwanzig bis dreißig Meter langer Jägerzaun.
Somit waren wir vor den Gefahren der Welt geschützt. So ein Feuer konnte ja auch wilde Tiere und lichtscheues Gesindeabschrecken.
Nicht, dass wir vor irgendetwas Angst gehabt hätten, aber man konnte ja nie wissen, was in der Nacht so alles passiert.

Die Nächte in den Osterferien waren noch sehr kalt und so beschlossen wir in Erwartung einer kalten Nacht ein Lagerfeuer zu machen. Das gehörte ja ohnehin zum traditionellen Zelten.
Also suchten wir allerlei Holzstücke und Papierreste und schichteten diese zu einem recht ansehnlichen Haufen zusammen.
Natürlich in der Nähe unseres Zeltes, damit die Glut auch uns im Zelt später noch wärmen konnte.
Als es nach dem Abendessen dunkel wurde, trafen wir uns am Zelt, das wir vorher ebenfalls schon aufgebaut hatten.
Jeder hatte eine Luftmatratze und eine Wolldecke dabei.

Einige Kartoffeln ins schnell angezündete Feuer geworfen und schon war die gewünschte Lagerfeuerromantik zu spüren.

Nachdem wir uns die Hände und den Mund mit den heißen Kartoffeln genug verbrannt hatten, packte ich die Gitarre aus und wir schmetterten einige Liedchen in den Abendhimmel.

Es war kalt - sehr kalt.

Wir pumpten die Luftmatratzen auf und kauerten uns unter die Decken. Das Feuer war ziemlich schnell heruntergebrannt und so gingen unsere Brennstoffvorräte schnell zu neige. Sofort kam uns der rettende Gedanke. Es gab ja noch den Jägerzaun. Der nutze doch niemand und den brauchte man ja eigentlich nicht.

Also bekam das Sprichwort „Etwas vom Zaun brechen", die wortwörtliche Bedeutung.

Wir zerlegten den Jägerzaun und verheizten eine Zaunlatte nach der anderen.

Nach zwei, drei Stunden hatten wir keine Latten mehr am Zaun.

(Im wahrsten Sinne der Bedeutung).

Kalt war es immer noch und dazu kam, dass unseren Luftmatratzen die Luft ausging.

Zuletzt lagen wir auf den Wolldecken und deckten uns mit den Gummimatratzen zu.

Leider blieb der wärmende Erfolg aus.

Wir überlegten was wir noch tun könnten, aber wir fanden für unsere Probleme keine Lösung.

Auch konnte ich Hardy nur sehr schwer davon zu überzeugen, meine geliebte Gitarre nicht zu verheizen.

Gegen drei Uhr morgens brachen wir unser Abenteuer ab und kamen durchgefroren und mit schmerzenden Knochen wieder nach Hause.

Onkel Heinz

Mein Vater war - so wie ich ihn erlebte - nicht unbedingt das, was man als Partylöwe bezeichnen konnte. Etwas mürrisch, kauzig und meistens sehr einsilbig lebte er wohl oft in einer anderen Welt. Ich kann mich nicht an in meiner Jugend stattgefundenen Diskussionen oder irgendwelchen ernsthaften Gespräche mit ihm erinnern. Die Dinge, die es zu entscheiden galt, entschied für uns unsere Mutter. Mein Vater war mehr oder weniger ein Statist, der allerdings dann sehr präsent war, wenn es ums Geldausgeben ging. Dann war er sehr dominant und alle hatten Angst vor ihm.
Wenn ich zurückdenke, hatte mein Vater auch keinen richtigen Freund - bis auf einen:
Onkel Heinz.
Onkel Heinz war gar kein richtiger Onkel, sprich kein Verwandter.
Aber er war der beste, weil auch einzige Freund meines Vaters.

Samstag war „Onkel Heinz" Tag. Fast jeden Samstag kam er mit seinem Krankenfahrstuhl angefahren. Dieser wurde nur durch Muskelkraft der Hände beschleunigt und gesteuert.
Onkel Heinz war schwerstbehindert. Er hatte eine spastische Lähmung der Beine und auch der Arme und Hände. Es war eine Höchstleistung, wenn er sich aus dem Gefährt herausquälte und sich dann die drei Treppenstufen hinauf bis zur Haustür schleppte um zu klingeln. Nach dem Öffnen der Haustür waren noch einmal sechs Stufen zu überwinden und dann hatte er sein Ziel, unsere Wohnung, nach weiteren Kraftanstrengungen endlich erreicht.
Ich bewundere diesen Mann bis heute. Er gab nie auf und nahm diese Strapazen immer wieder auf´s Neue auf sich. Er

war hatte immer sehr fröhlich und sehr nett zu mir, wobei ich heute glaube, dass es eine gespielte Fröhlichkeit war und es ihm in Wirklichkeit eher schlecht ging.

Erst einmal angekommen war es eigentlich immer das gleiche Ritual.
Mein Vater und Onkel Heinz konnten bis tief in die Nacht hinein über alles Mögliche diskutieren. Dabei waren die politischen Parteien, die Religion und vieles mehr bestens dazu geeignet, grundverschiedener Meinung zu sein.
Meistens redeten sich beide so in Rage, dass es im weiteren Verlauf des Abends häufig zu Eskalation kam. Sie schrien sich mit hochroten Köpfen an. Sicher zeigte auch das Bier, das die beiden bis dahin getrunken hatten, entsprechende Wirkung.

Das Ende war dann auch wie immer. Onkel Heinz kämpfte sich wieder zu seinem Fahrzeug und fuhr mehr oder weniger wutentbrannt nach Hause.

Ein oder zwei Wochen später starteten sie den nächsten Versuch, der wie der vorherige endete. Mein Vater ließ nichts auf Onkel Heinz kommen und der empfand sicher genau so.

Jahre später, ich hatte längst eine eigene Wohnung, erfuhr ich, dass Onkel Heinz gestorben war.
Irgendwie fehlte er nicht nur meinem Vater.

Ratten und andere kleine Tiere

Unsere Wohnung lag direkt im Grünen. Neben dem Haus befand sich das Grundstück eines Arztes. Ein riesiger Garten und ein kleiner Wald gehörten dazu. Garten und Wäldchen waren für uns Nachbarskinder eigentlich tabu, aber niemand von uns hielt sich so richtig daran.
Das Grundstück hatte die Form eines großen Rechtecks, das durch Bahndamm, Morianlager, unser Mehrfamilienhausgrundstück und die Straße begrenzt war.

Der Garten und das Wäldchen waren ein Paradies für allerlei Tiere.
Kaninchen, Mader, Ratten und Mäuse und verschiedene Vogelarten waren dort zuhause.
So kam es nicht selten zu Begegnungen mit diesen Tieren.
Die Kaninchen waren hauptsächlich im Garten zu beobachten, wo sie sich an den von einem Gärtner mühevoll gepflanzten Gemüsesorten satt fraßen.
Ihre Bauten hatten sie in dem nahen Bahndamm. Dort wurden sie auch oft zur Beute von Mardern, Ratten und Katzen

Eines Tages hatte sich eine ziemlich große Ratte zu uns verlaufen. Genau dort hin, wo die Wäschepfähle standen und gerade Wäsche auf den Leinen hing.
Alles war in Aufruhr. Eine Ratte war für uns das Sinnbild des Bösen. Sie konnte Krankheiten übertragen und hatten auch den Ruf Menschen anzugreifen. Wir erinnerten uns an Geschichten, in denen Ratten sogar in Kinderwagen gesprungen waren und Säuglinge gebissen hatten. Zuerst versuchten wir die Ratte zu vertreiben, was uns aber überhaupt nicht gelang. Dann kam ich auf den rettenden Einfall. Da wir vorher an unseren Fahrrädern herumgebastelt hatten, lag dort noch eine Kombizange. Ich

warf diese in die Richtung der Ratte und traf sie mit dem Griff der Zange am Hals. Die Ratte überschlug sich und war wie betäubt. Diesen Moment nutzten wir und schlugen mit Besen und Schrubbern, mit denen wir uns schon vorher bewaffnet hatten, auf die Ratte ein.

Als sie sich nicht mehr rührte, buddelten wir ein Loch und begruben das Tier.

Als wenn es ich bei den Ratten herumgesprochen hätte, kam uns später keine mehr zu nahe.

Ein anderes Erlebnis, dass mich sehr aufwühlte hatte ich mit einem Kaninchen.

Eines Tages fanden Nachbarn auf dem Hof ein Kaninchen. Das war grundsätzlich nichts besonderes, da in dieser Zeit viele Kaninchen von der Kaninchenkrankheit, einer speziellen Augenkrankheit, betroffen waren. Blinde oder fast blinde Kaninchen sahen wir leider sehr oft.

Diese flohen aber meistens bei Annäherung. Einfangen oder sogar eine Hilfeleistung war also bei diesen kranken Tieren nicht möglich.

Ganz anders war der Fall des gefundenen Kaninchens. Es hatte nur noch zwei Vorderläufe. Von den Hinterläufen gab es nur noch jeweils einen Stumpf des Fußes, der an den Sehnen mit dem Rumpf verbunden war. Dieses Tier konnte nicht mehr schnell fliehen, nur noch dahin kriechen.

Alle Nachbarn (Kinder und Erwachsene) berieten was zu tun sei. Einen Tierarzt holen und bezahlen, wollte und konnte niemand. Allen war klar, dass das Tier getötet werden musste um es von den Qualen zu erlösen. Nur keiner hatte den Mut dazu.

Das arme Kaninchen saß in unserem Sandkasten und schon der Holzrand war ein unüberwindbares Hindernis für das

Tier. So wäre es eine sehr leichte Beute für z. B. jede Katze gewesen.

Endlich nahm ich mit meinen dreizehn Jahren allen Mut zusammen, suchte mir einen dicken Ast und schlug mit zitternden Knien zweimal auf das arme Tier ein.

Es war nach dem ersten Schlag sofort tot.

Ich werde nie mehr die blassen, toten Augen des Tieres vergessen.

Das Vergraben des Kaninchens wurde dann von den Nachbarn übernommen.

Ich war total fertig und an diesem Tag zu nichts mehr zu gebrauchen.

Es war alles richtig und notwendig gewesen, was ich getan hatte, aber ich fühlte mich trotzdem sehr, sehr schlecht.

Mutproben

In dieser Zeit kamen wir Jungen immer wieder auf neue
Ideen, die wir ausprobieren mussten.
Da war z. B. die Schonsteinmutprobe, die wir alle
überstehen mussten um in die Clique aufgenommen zu
werden.
Die elterliche Mietwohnung befand sich in einem
Mehrfamilienhaus, das drei Etagen hatte.
Es gab mehrere Gemeinschaftsräume, wie den
Fahrradkeller, den Waschkeller und zwei Trockenräume,
von denen der eine sich ebenfalls im Keller und er andere
im Dachgeschoss befand.
Das Dachgeschoss wurde aber relativ selten benutzt, da
kaum eine Hausfrau auf die Idee gekommen wäre, die frisch
gewaschene Wäsche nach oben unter das Dach zu tragen
und dort auf Leinen zum Trocknen zu hängen.
Das Dachgeschoss, war zwar immer abgeschlossen, aber da
jede Familie einen Schlüssel besaß, war es für mich, wie für
die anderen Jungen kein Problem an den Schlüssel zu
kommen.
Von dort konnte man ohne Mühe durch mehrere
Dachfenster auf das Dach gelangen
Unsere Mutprobe bestand nun darin, auf das Dach und dann
auf den Schornstein zu klettern und dort mindestens zwei
Minuten aufrecht stehend auszuhalten.
So standen wir ca. 12 Meter über dem Erdboden und harrten
die zwei Minuten mit schlotternden Knien aus, um Ansehen
und Ruhm innerhalb unserer Clique zu erwerben.

Nachdem aber jeder diese Mutprobe ohne Absturz
absolvierte hatte, wurde diese langweilig und so kamen wir
auf weitere Möglichkeiten, wie wir uns von anderen

Mitmenschen durch unseren Mut und Einfaltsreichtum unterscheiden konnten.

Zu erwähnen wäre der Kopfsprung vom Bahndamm, der richtig ausgeführt ein Salto war, wobei wir, wenn alles klappte, nach ungefähr 6 Metern am Fuße des Dammes auf dem Hosenboden landeten. Bei zu wenig Anlauf und schlechterer Flugbahn, krachte man vielleicht mit Kopf und Schulter in den Hang und rutschte dann irgendwie ohne zu wissen wo oben und unten war, die restlichen Meter hinunter. Es war schon ziemlich schmerzhaft diese Mutprobe bewältigt zu haben und ich wundere mich heute noch, dass dort nie etwas nachhaltig Schlimmes mit uns passiert war.

Auch dieser Kopfsprung wurde zu oft wiederholt und wurde irgendwann zur Gewohnheit.

Es musste bald eine neue Herausforderung her.

Wie wir allerdings auf die Mutprobe mit der Eisenbahnbrücke gekommen sind, weiß ich wirklich nicht mehr.

Die Jahre um 1966 waren immer noch die Zeit der Dampflokomotiven.

(Das Ende der Dampflokomotiven kam erst im Jahr 1977) Natürlich gab es Dieselloks und auch schon Elektrolokomotiven, aber die meisten der Personen, und Güterzüge wurden noch von riesigen schwarzen Dampfloks gezogen.

In der Nähe unserer Wohnung lag ja der schon beschriebene Bahndamm auf dessen Gleisen in ½ Stundentakt Züge verkehrten.

Sie donnerten über die Brücke, die über die Hauptstraße führte.

Durch die Konstruktion der Eisenbahnbrücke war es möglich, dass wir uns direkt zwischen zwei Gleise in einen Brückenabsatz zwängen konnten, von dem aus wir die in ca. 80 cm Entfernung an unseren Köpfen vorbeirasenden Züge genau beobachten

Es war nicht nur ein Gefühl, als wenn die Lokomotive direkt auf uns zu fahren würde, sondern es war ja wirklich so. Was sind schon ca. 80 cm Abstand?

Der Eindruck war mehrdimensional. Man sah nicht nur das nahende Ungetüm, sondern der Zug rollte mit sehr lautem Gezische und Getöse auf uns zu und dann an uns vorüber und man bekam außerdem neben dem Lärm noch den schwarzen Dampf zu spüren.

Alles dauerte nur ein paar Sekunden- dann war der Spuk zu Ende.

Wer hier nicht mit der Wimper oder den Kopf einzog zuckte, der war ein wirklicher Held in unseren Augen.

Noch heute befällt mich ein seltsames Gefühl und ich bekomme eine Gänsehaut, wenn ich an diesen Wahnsinn zurück denke

Zum Glück gingen auch diese Abenteuer immer glimpflich aus. Wie leicht hätten wir von den herunterhängenden Schläuchen und dicken beweglichen Kupplungsketten verletzt oder sogar erschlagen werden können?

Es war wie man sagt nur ein Jungenstreich, der es allerdings in sich hatte.

Eine weitere Aufwertung des eigenen Selbstvertrauens konnten wir uns durch das Überqueren der Gleise holen. Auch hier lag die Gefahr natürlich darin, überfahren zu werden, oder von den Bahnbeamten erwischt zu werden, die schon lange bemerkt hatten, dass sich Personen auf dem Bundesbahngelände befanden, die dort nichts zu suchen hatten.

Auch diese Erkenntnis machte die Sache noch spannender und gab uns einen weiteren Kick.

So weit ich weiß, wurde niemand von uns je erwischt.

Jugendkämpfe

Wenn man ein richtiger Kerl werden wollte, so gehörte wohl das Austragen von kleineren und größeren Raufereien und Streitigkeiten dazu.

Schon früh (in der Volksschule) hatte ich verstanden, dass man entweder katholisch oder evangelisch war und dieser Umstand war, obwohl nicht gewollt oder sogar verschuldet, der Grund dafür, den jeweils anders Konfessionellen zu hassen und zu bekämpfen.

Mit der Zeit aber relativierte sich diese Einstellung und so waren unseren Cliquen und „Banden" religionsbetrachtet bunt gemischt.

Es gab aber durch die Migranten, die nun auch unsere Spielplätze und vor allen Dingen unsere Bolzplätze genau wie wir beanspruchten, ein neues Feindbild: Den Ausländer!

Dabei machten wir schon große Unterschiede, zwischen den verschiedenen Nationalitäten. Alle Aussiedler (Menschen aus Russland und Polen) zählten nicht zu den Ausländern. Diese waren längst unsere Freunde und standen auf unserer Seite.

An erster Stelle der Kontrahenten standen die Griechen. Es gab bereits einige Straßenzüge, wo griechische Familien eine Wohnung gefunden hatten. So wurden diese Orte von uns als gefährlich eingestuft. Wir hatten dort nichts zu suchen und anders herum auch keiner von den griechischen Jungen bei uns.

Diese gegenseitige Abneigung betraf aber seltsamerweise nur die Jungen und das lag wohl ausschließlich an den netten und ausgesprochen hübschen Schwestern unserer Widersacher.

So kam es wie es kommen musste. Immer wenn sich jemand der einen Seite auf dem „Gebiet" der anderen zeigte, gab es

Streit, der nicht selten in eine handfeste Schlägerei ausartetet.
So lernte ich auch Constantinos kennen, oder genauer, er meine Fäuste.
Dabei verlor ich meine Zurückhaltung beim Kämpfen und Constantinos zwei Schneidezähne, was wiederum seine Eltern dazu veranlasste meinen Eltern mit der Polizei einen Besuch abzustatten.
Die Sache war relativ schnell geklärt, da wir beide keine Kinder von Traurigkeit waren und Constantinos zuvor den viel kleineren und jüngeren Dieter, der als Aussiedler uns gehörte,
verhauen hatte, was durch eine Vielzahl an Zeugen bestätigt wurde.
Mein Glück war auch, dass Constantinos nur zwei Milchzähne verloren hatte und er nun noch einige Zeit später meinen Sieg gut sichtbar im Gesicht herumtragen musste.

Und ach wie durch ein Wunder hörten unsere Streitereien urplötzlich auf. Es gab für uns keine feindlichen Ausländer mehr, sondern nur noch Gegner beim Fußballspielen.

Ich hatte meine Lektion gelernt und war eigentlich auch froh, dass die unsinnigen Schlägereien und Feindseligkeiten beendet waren.
Es lebte sich viel besser ohne das eine oder andere blaue Auge und sicher auch mit vollständigen Zahnreihen.

Constantinos und ich wurden auch später nie richtige Freunde, aber wir bekämpften uns nie mehr und es entstand so etwas wie eine gegenseitige Achtung.

Ich habe für mein späteres Leben erkannt, dass man viel mehr erreichen kann, wenn man auf andere Menschen zugeht und gerade dann von diesen sehr viel lernen kann, wenn sie ein wenig anders sind als ich.

Und dass wir alle immer irgendwo in der Welt „Ausländer" sind.

Von Katzen und Hunden

In dieser Zeit kam ein Milchbauer mit seinem Tankwagen
regelmäßig vorbei um seine
Waren wie frische Milch, Eier und allerlei Wurstsorten an
den Mann zu bringen.
Da diese Waren, insbesondere die Milch, aber am Wagen
teuerer war als direkt vom Bauernhof, besorgten wir uns
jeden Abend eine Milchkanne vollauf dem Bauernhof, der
500 Meter von zuhause entfernt lag. Diese Milch war sehr
gut gekühlt und schmeckte am besten direkt aus der
blechernen Milchkanne. Da wir von Anfang an von den
Tieren auf dem Hof begeistert waren, lagen meine
Schwester und ich meinen Eltern so lange in den Ohren, bis
wir eine junge Katze mit nach Hause nehmen konnten.
Mit der Zeit gewöhnte sich die Katze an uns und erlernte
sogar einige Kunststücke, wie auf Kommando von einem
Stuhl auf den anderen zu springen
Da sie aber ein so genannten Freigänger war, verschwand
sie manchmal tage- bzw. nächtelang. Irgendwann sagte uns
unsere Mutter, dass die Katze Babys bekommen würde.
Wir Kinder freuten uns natürlich sehr auf die kleinen
Katzen. Unsere Eltern wohl weniger.
Eines Morgens lag die Katze wieder vor unserer Haustür
und verhielt sich ganz komisch. Sie miaute ununterbrochen
und hielt auch ihren Schwanz ganz anders als sonst.
Meine Mutter untersuchte die Katze und stellte fest, dass die
Katze eine Schussverletzung hatte, direkt am
Schwanzansatz war ein Projektil in den Körper
eingedrungen.
Sehr schlimm war, dass wohl auch schon die Geburt der
Katzenbabys eingesetzt hatte und ein Katzenbabybein
bereits sichtbar war.
Meine Mutter nahm die Katze mit ins Badezimmer. Wir
Kinder mussten draußen bleiben.

Nach unendlichen Minuten kam unsere Mutter aus dem Zimmer und sagte uns, alle Katzenkinder wären durch die Verletzung der Mutter tot auf die Welt gekommen.
Wir waren entsetzt und sehr traurig.
Unsere Katze erholte sich bald von den Strapazen, kam aber vom nächsten Freigang nie mehr zu uns zurück.
Wir haben sie später noch ein paar Mal von weitem gesehen und am von sich gestreckten Schwanz erkannt. Zu uns Menschen hatte sie aber wohl kein Vertrauen mehr.

Bald nach dieser traurigen Geschichte fuhr ich mit meiner Schulklasse für eine Woche in ein Schullandhaus. Dadurch war ich abgelenkt und erlebte neue Abenteuer mit meinen Schulfreunden.
Neben mehreren Nachtwanderungen, einer Lagerolympiade und einem Lagerfeuer mit über dem Feuer selbst gekochter (lauwarmer)Tütensuppe und einem Braten, der in unserer Fantasie sehr lecker schmeckte, aber in Wirklichkeit bis auf die angebrannte Kruste absolut roh war, gab es für mich eine Hauptattraktion: Die beiden Hunde des Hausmeisters. Er hatte einen wunderschönen Collierüden und eine Münsterländer Hündin. Die Hündin sollte in ca. zwei Wochen Junge bekommen. (Vater war der Collierüde).
Für mich gab es als ich wieder daheim war nur ein Thema: Ich wollte unbedingt einen jungen Hund haben.
Komischerweise gab es nun kaum Diskussionen und meine Eltern stimmten zu und wir durften nach drei Monaten einen Welpen abholen. Es war die Hündin Bessie.
Bessie war ein tolles Tier. Sehr lieb und freundlich zu Mensch und Tier. Sie lebte bei uns bis meine Mutter eine Arbeit annahm und sich niemand mehr richtig um Bessie kümmern konnte.

In der unmittelbaren Nachbarschaft gab es eine Trinkhalle, deren Besitzerin einen Hund hatte, der überfahren worden war. Frau Sch. war überglücklich Bessie versorgen zu können und wir konnten den Hund jederzeit besuchen, war wir auch oft getan haben.
Nach ungefähr zwei Jahren hatte ich folgenden Traum.
Meine Mutter bekam einen Anruf von der Bundeswehr, Bessie wäre in einem Zimmer bei der Bundeswehr und würde niemanden hineinlassen. Es gab ein Ultimatum: Wenn der Hund nicht bis um 24:00 Uhr abgeholt werden würde, sollte er erschossen werden.

Es war ein seltsamer Traum, von dem ich meinen Eltern erzählte. Alle belächelten mich und ich fand auch keinen realen Bezug als Erklärung für den Traum.

Einen Monat später erhielt meine Mutter einen Anruf. Es war die Kaserne, in der der Sohn von Frau Sch. als Ausbilder bei der Bundeswehr tätig war.
Er hatte den Hund zur Ausbildung mitgenommen, hatte aber einen Unfall und der Hund ließ niemanden in das Zimmer. Über Frau Sch. hatte man unsere Telefonnummer bekommen und da wir den Hund sehr gut kannten und meine Mutter auch ein Auto besaß, sollten wir Bessie abholen.

An gleichen Abend fuhren wir zur Kaserne und holten Bessie ab - fast wie in meinem Traum.

Später habe ich keine weiteren hellseherischen Fähigkeiten an mir festgestellt.

Ferienarbeiten

Es war noch die Zeit, als es auch im Ruhrgebiet noch mehrere Bauernhöfe gab.

Für mich hatte der Hof in der unmittelbaren Nähe unserer Wohnung aber noch eine größere Bedeutung: Ich durfte in den Ferien dort arbeiten und mein ohnehin sehr überschaubares Taschengeld aufbessern. So war ich in manchen Jahren fast die ganze Ferienzeit auf dem Hof. Morgens um 6:00 Uhr hieß es anfangen und Arbeitsende hatte ich um 18:00 Uhr.

Es war Knochenarbeit, aber sie war sehr begehrt. Scheinbar unendlich waren die Felder, die es zu bearbeiten galt. Nicht viele meiner Freunde hielten überhaupt durch. Manche warfen schon nach ein paar Stunden das Handtuch. Es bleib nur ein harter Kern von Mitkämpfern.

Sehr unbeliebt war z.B. das Ausdünnen junger Pflanzen. Das bedeutete, dass man dafür sorgen musste den Abstand zwischen den einzelnen Pflanzen auf ca. 20 cm zu halten. Nebenbei jäteten wir noch das Unkraut, das teilweise den Pflanzen den Platz zum Wachsen nahmen. Durch die leicht gebückte Haltung bekamen wir schnell sehr starke Rückenschmerzen, vor allen Dingen, wenn man ein Anfänger und die Arbeit noch nicht gewohnt war. Ich brauchte für eine Reihe von einem KM 3-5 Stunden.- Und es waren sehr viele Reihen. Teilweise waren wir gemeinsam über eine Woche auf einem Feld beschäftigt.

An diesen Tagen gab es zwei Höhepunkte. Der erste war das gemeinsame Mittagessen. Kurz vor zwölf Uhr fuhren wir mit unseren Fahrrädern zum Hof. Nach ausgiebigem Waschen nahmen wir alle (bis zu 20 Personen) in dem riesigen Essraum Platz. Besonders beeindruckend fand ich, dass die Bäuerin das Gebet sprach. Das lief dann immer so ab, dass sie z.B. mit einer Salatschüssel gewaffnet, schon in der Küche mit dem Gebet begann und gleichzeitig mit dem Erreichen des Tisches fertig war, und mit Schwung die Schüssel auf den Tisch wuchtete.

Jetzt kam es auf das Timing an rechtzeitig ein „Amen" von sich zu geben und dann scheppte sich jeder so viel auf den Teller, dass dieser fast überquoll. Nach dem Essen gab es noch Kaffee mit Milch und dann ging es wieder auf das Feld.

Gegen 15:30 Uhr folgte dann der zweite Höhepunkt Das Kaffeetrinken. Meistens brachte die Tochter des Bauern zwei große Kannen Milchkaffee. Zusätzlich bekam jeder ein belegtes Butterbrot.

Wenn wir in den Herbstferien, auch Kartoffelferien genannt, auf den Kartoffelfeldern waren und die Früchte der Erde auf dem Boden kniend in Gitterkörbe sammelten, war das Essen des Brotes ein anderes Vergnügen. Wir konnten uns auf dem Feld natürlich nicht waschen und aßen die Butterbrote mit unseren schmutzigen Händen.

Aber es schmeckte trotzdem oder gerade deshalb sehr gut.

Es gab immer eine Menge zu tun: Rinder von der Weide treiben und füttern, die Runkelmiete aufbauen,(das Einwintern der Futterrüben indem wir auf die aufgetürmten Rüben Stroh und Erde schaufelten) Eier sammeln (auf dem Hof waren ca. 500 Hühner in einem gesonderten Stall untergebracht).

So machte es trotz aller Quälereien großen Spaß und führte zu einem recht ordentlichen Lohn zum Ende der Ferien. Wenn ich dort den ganzen Tag gearbeitet hatte, bekam ich 15 DM, - für den halben Tag von 6:00 Uhr bis 12:00 Uhr 5 DM.

Das Ganze hatte aber noch einen nicht zu unterschätzenden Nebeneffekt. Ich lernte das richtige Leben, sprich die Arbeit auf einem Bauernhof schätzen.

Als Schüler des Gymnasiums stand man ja über den Dingen und sah teilweise auf alle Malocher(Arbeiter) arrogant herab. Nach meinen dort gemachten Erfahrungen war die Einschätzung von Arbeit, vor allem von körperlicher Arbeit, einer realistischeren Sichtweise gewichen.

Schlachtfeste

Zum Leben gehört natürlich der Tod. Diese Erkenntnis war für mich nicht neu, aber sie wurde durch die Erlebnisse auf dem Hof sehr drastisch demonstriert.

Anne war die älteste Tochter auf dem Hof und hatte die Aufgabe übernommen sich um die Hühner zu kümmern. Das Sammeln der Eier gehörte neben dem Säubern des Stalles zu ihren täglichen Pflichten. Teilweise wurden angebrütete Eier in den Brutofen gelegt, wo dann nach 21.Tagen die Küken schlüpften.

Nur die weiblichen Küken brachten später Geld und durften überleben. So sortierte Anne die gerade geschlüpften Hähne aus und tötete diese.

Alte Hühner, die nicht mehr ausreichend Eier legten, kamen zum Schluss in den Kochtopf.

Davor stand das Befördern vom Leben in den Tod.

Einmal sollte Anne wieder zwei Hühner schlachten und holte eines nach dem anderen aus dem Stall. Sie hielt das erste Huhn mit einer Hand an den Beinen fest und legte es mit dem Kopf auf einen großen Holzklotz. Dann nahm sie ein Beil und schlug dem zappelnden Huhn den Kopf ab. Anschließend hielt sie es noch so lange fest, bis kein Blut mehr aus dem Körper floss.

Beim zweiten Huhn verlief die Prozedur fast genau so. Allerdings zappelte das Huhn wie wild und selbst als der Kopf abgetrennt war, flatterte das Huhn so kräftig, dass Anne das Huhn los ließ und es ohne Kopf noch ein paar Meter wegflog. Es war ein grausiger Anblick. Das geschlachtete Tier flog noch! Ich war richtig geschockt. Nach vielleicht einer Minute fiel das Huhn um und zuckte nur noch schwach.

In der nächsten Zeit aß ich keine Hühner mehr.

Im Kapitel „Gartenabenteuer" hatte ich ja bereits erzählt, dass einige Nachbarn, da wo die Möglichkeit bestand, Schweine hielten. Diese wurden dann auch meistens in Form einer Hausschlachtung getötet.

Ich besuchte einmal einen Freund, dessen Eltern zwei Schweine hatten, von denen eines an diesem Tag geschlachtet werden sollte.

Neugierig stand die ganze Nachbarschaft um den Stall herum. Zunächst kam der Metzger und holte das Schwein aus dem Stall. Das Schwein schrie ganz fürchterlich und ich hatte den Eindruck, dass es etwas ahnte.

Nachdem der Metzger sein Bolzenschussgerät auf den Kopf des Schweins gesetzt hatte, schlug er mit einem Hammer auf das Gerät und es löste sich ein Schuss. Der Bolzen drang in die Tierstirn ein, blieb aber dort stecken, weil sich das Schwein gerade in diesem Moment vehement wehrte.

Es war noch nicht betäubt und lief wieder in den Stall zurück.

Der zweite Versuch gelang aber dann und das Tier legte sich auf die Seite. Jetzt kam das eigentlich Schreckliche. Der Mann stach dem schreienden Schwein ein sehr langes Messer durch die Kehle bis es wieder am Nacken herauskam. Die Schreie wurden immer leiser. Dann legte man dem Tier eine Wanne unter den Hals um das Blut auf zu fangen. Der Metzger bewegte das Vorderbein des Tieres auf und ab und pumpte so das Blut in die Wanne.

Gleichzeitig wurde es von Nachbarn durch Schrubben mit kochendem Wasser an der oben liegenden Seite von den Borsten befreit.

Später wurde das Tier zerlegt. Jeder der helfenden Nachbarn bekam ein Stück.

Mir war schlecht und ich schwor kein Schweinefleisch mehr
zu essen.
Aber ich habe nicht lange durchgehalten und den Schwur
bald gebrochen.

Ferien in Regensburg

Der Kontakt zur Verwandtschaftsseite meines Vaters war ja nie besonders gut gewesen und seit der Beerdigung meiner "Hexenoma" abgebrochen. Es gab aber noch einen Kontakt zu den Kindern der Schwester meines Vaters, Edeltraud und Günther.

Um dieses Verhältnis weiter zu verbessern luden Edeltraud und ihr Mann meine Schwester und mich zu sich ein.

Kusine Edeltraud führte in einem Dorf bei Regensburg einen kleinen EDEKA Laden. Ihr Ehemann war bereits Frührentner und half ihr so gut er konnte.

Von Edeltraud erfuhren wir, warum es eigentlich beim Streit unseres Vaters mit seiner Schwester ging. Vater hatte wohl den Moralapostel heraushängen gelassen indem er seiner Schwester vorgeworfen hatte, dass sie ein Kind (Günther) von einem anderen Mann hätte. Günther war in der Zeit der Gefangenschaft meines Onkels geboren und konnte somit niemals der Sohn des Onkels sein. Die Tante hatte sich wohl jedenfalls nie dazu konkret geäußert und so gab es das Gerücht, Günther sei das Kind aus der Verbindung mit einem Russen, vielleicht sogar das Produkt einer Vergewaltigung.

In den zwei Wochen im Dorf bei Regensburg lernten wir auch Günther und seine Verlobte kennen. Günther war ein hohes Tier bei der Deutschen Bundesbahn und strebte noch weiter nach Höherem. Seine Verlobte stammte aus einer sehr angesehenen Regensburger Familie und war sehr ruhig und zurückhaltend.

Die Einladung bei Günther war eine kleine Katastrophe. Auch die Eltern der Verlobten waren da und alles verlief zunächst harmonisch.

Leider mussten wir Kinder beim Abendbrot mit Messer und Gabel essen, was an sich nichtsAufregendes war: aber leider war die Brotkruste des Brotes, das gereicht wurde so hart, dass ich große Mühe hatte diese durchzuschneiden.

Da passierte es. Mein Messer rutsche ab und mein Brot flog Günther entgegen - direkt auf seinen Teller. Nun reagierte er absolut professionell. Er aß mein Brot weiter als wenn nichts gewesen wäre. Ich bekam einen dunkelroten Kopf und schämte mich. Aber ich hatte Glück, dass niemand etwas bemerkt hatte, vielleicht haben alle auch nur mein Missgeschick übersehen.

Günther war wegen seiner Rettungstat bis ganz oben in meiner Achtung gestiegen.

Nach vierzehn Tagen hieß es Abschied nehmen. Dazu gab es wie in Bayern üblich ein zünftiges Essen mit Bier und Mineralwasser. Zuhause hatte ich gern mal ein Glas Malzbier, von uns als Dunkelbier bezeichnet, getrunken. Also bat ich um ein Dunkelbier.

Es wurden fast zwei Maß Dunkelbier.

Ich kann mich nur noch daran erinnern, dass ich an dem Abend noch etwas Bier im Glas hatte, an mehr nicht. Auch wie ich heim gekommen bin und meinen Koffer packen wollte, war aus meinem Gedächtnis verschwunden.

Ich weiß nur noch, dass ich am anderen Tag im Koffer liegend mit einem Brummschädel aufgewacht bin.

Eines habe ich gelernt: Nicht jedes Dunkelbier ist Malzbier und - andere (Bundes)länder, andere Sitten.

Ferienzeit-Reisezeit

Eines mussten wir unseren Eltern ja lassen. Sie haben mit uns Kindern immer versucht in den Ferien in Urlaub zu fahren.

Es waren nie Ferien am Strand um in der Sonne zu braten. Es waren auch keine in schicken und teueren Hotels, in Weltstädten von deren Eindrücken man erzählen konnte. Aber es waren Ferien in und mit der Natur, unvergessene Eindrücke, die man sehen, hören, schmecken und riechen konnte.

Der Arbeitgeber meines Vaters, der damals als Rheinstahl AG, später Ruhrkohle AG und noch viel später DSK AG (Deutsche Steinkohle AG) firmierte, war in dieser, aber nicht nur in dieser Hinsicht ein sehr vorbildhaftes Unternehmen, das neben einem sicher ordentlichen Gehalt und neben einer sehr guten Altervorsorge und noch weiteren Leistungen, auch verschiedene Urlaubsangebote seinen Mitarbeitern und deren Familien zur Verfügung stellte.

So kamen wir in den für meine Eltern kostenlosen Genuss, wiederholt jeweils für 14 Tage Urlaub machen zu können. Wir wurden mit anderen Familien mit einem Reisebus an das entsprechende Reiseziel gebracht, dort in eigens dafür angemieteten Pensionen untergebracht und danach wieder nach Hause gefahren. Auch die komplette Verpflegung wurde vom Arbeitgeber übernommen.

So machten wir Ferien zum Beispiel in Niedergondershausen, das Dorf liegt in der Nähe der Externsteine und auch in Nordenau, einem sehr kleinen Dörfchen im Hochsauerland.

Gerade an Nordenau kann ich mich besonders gut erinnern, weil dort die Begegnungen mit der Natur, - Tieren, Wäldern,

Wiesen und Bächen so intensiv waren, dass sie wie erst gestern erlebt im Gedächtnis konserviert blieben.
Eindrücke, die unsere Kinder so nie erleben konnten, was ich zutiefst bedauere.

Wo kann man heute noch durch den Wald streifen und die Natur so erleben, wie man es damals konnte. Kein Waldsterben, kein verdorbenes Wasser aus den Bächen und eine Flora und Fauna, die heute leider nur noch im Fernsehen zu bestaunen sind.
Viele Tiere wie Rehe, Hirsche, Wildschweine, Füchse, einen Dachs, usw., die ich in freier Wildbahn erleben konnte, haben sich heute weit in den Restwald zurückgezogen, so dass man sie nicht mehr zu Gesicht bekommt.
Nebenbei sei erwähnt, dass wir Menschen es auch vermeiden sollten den kläglichen Rest dieser Wildtiere aufzuspüren um diese nicht zu erschrecken und dadurch noch mehr Lebensraum zu nehmen.

Wo kann man heute noch in einem glasklaren, eiskalten Bach Staudämme bauen in dessen Staubereich sich in kürzester Zeit unter anderem Bachforellen, Stichlinge, Rotaugen, Sonnenbarsche sammelten.
Unter den Steinen fanden wir Flusskrebse und als besondere Attraktion den ein oder anderen Feuersalamander. Tiere, die heute fast ausgestorben sind.

Während ich das schreibe überkommt mich eine unheimliche Sehnsucht danach und eine Traurigkeit weil nichts von alledem heute mehr zu entdecken ist.

Glaubensfragen

Ich würde heute meine Familie als nicht sonderlich gläubig bezeichnen. Aber es gab auch bei uns immer wiederkehrende Rituale, wie das sonntägliche zur Kirche gehen. So weit ich mich in dieser Hinsicht erinnern kann, begannen diese "Sonntagsausflüge" erst zu dem Zeitpunkt als unsere Eltern und damit auch wir Kinder von der „normalen" evangelischen Landeskirche zur Freien Evangelischen Gemeinde wechselten. Dies hatte folgende Gründe:

Ich war seit meinem 10. Lebensjahr Mitglied im Posaunenchor der evangelischen Altstadt- Gemeinde in Stadtmitte. Durch viele Einsätze bei den Gottesdiensten fühlte ich mich auch gemeindemäßig dorthin zugehörig. Deshalb lag es für uns nahe auch dort zur Konfirmation zu gehen. Weil ich als Schüler des Städtischen Jungengymnasiums eine Fahrkarte für die Fahrten zur Stadtmitte hatte, war ein weiterer Grund nicht in den Stadtteil
Welheim zu fahren, in dem sich kirchentechnisch die für mich eigentlich zuständige Kirchengemeinde befand. Es wären zusätzliche Fahrtkosten auf meine Eltern zugekommen.

Es war, so dachten wir, nüchtern betrachtet kein großer Akt, sich in der anderen Gemeinde konfirmieren zu lassen. Man brauchte nur die Zustimmung des Pfarrers der Welheimer Gemeinde. Na ja, mit dem „Nüchtern" war es so eine Sache. Der besagte Pfarrer war als dem Alkohol nicht abgeneigt bekannt und meine Eltern, die einen Gesprächstermin bei ihm hatten, hätten wohl besser eine Flasche Wein oder besser eine Flasche Weinbrand zum Termin mitgebracht.

Kurz und gut, die Sache entwickelte sich zu einem richtigen Streitgespräch, wobei die Bedeutung mehr auf Streit zu legen war. Der Pfarrer, leicht angetrunken, verweigerte mir die Genehmigung und schrie meine Eltern an, er werde dafür sorgen, dass sie aus der Kirche ausgeschlossen würden und mein Vater konterte mit heftigen Vorwürfen in Richtung des Alkoholmissbrauchs des Mannes. Das war wohl zuviel und der Pfarrer rastete vollkommen aus. Er wollte meine Eltern nicht aus dem Besprechungsraum lassen. Nur mit größter Mühe konnten meine Eltern „fliehen".

Das Ergebnis war letztlich, dass meine Eltern aus der Landeskirche austraten und wir zur Freien Evangelischen Gemeinde „konvertierten".

Äußerlich gab es schon einige Unterschiede zwischen der Landeskirche und der Freien Evangelischen Gemeinde.
Es gab: Keinen Pfarrer, sondern einen Prediger. Keine richtige Kirche mit Glockenturm, sondern einen Gemeindesaal.
Keine Kindestaufe, sondern die Erwachsenentaufe. (Die hatte ich ja zum Glück bereits als Säugling hinter mir).
Dadurch, dass die Gemeinde alle Kosten, (wirklich alle) allein bestreiten musste und die Mitglieder keine Kirchensteuer zahlen mussten, gab es das biblische Gebot : Du sollst den zehnten Teil deines Einkommens abgeben.
Das war sehr viel!!!! Nicht neun Prozent von der Lohnsteuer als Kirchensteuer, sondern zehn Prozent vom Bruttogehalt meines Vaters.
Es war also immer schon etwas teurer, etwas Besonderes zu sein.
Diese „Spende" wurde zu Beginn eines jeden Monats in einem Briefumschlag in ein Fach gelegt, das jeder Familie zugeteilt worden war.

Ob da wirklich der zehnte Teil darin war, bezweifele ich noch heute.

Für mich war es ziemlich blöd nun mit anderen Kindern konfirmiert zu werden, aber es gab dort auch ein paar sehr nette Jungen und Mädchen, vor allen Dingen Mädchen und so ging ich anfangs sehr gern zum Konfirmationsunterricht. Der Unterricht war sehr streng und wir mussten sehr viel auswendig lernen. Es war anders als bei meinen Freunden aus der Altstadt-Gemeinde.
Ich lernte beten. Ich meine laut beten vor allen anderen. Zu Beginn jedes Unterrichts, im Unterricht und zum Ende desselben. Es waren keine Gebete, die man auswendig lernen und heruntersagen konnte, sondern es waren immer Gebete, die situationsbezogen und spontan erfolgen mussten, mit relativ lauter und fester Stimme und immer so gut es ging, so sinnvoll
wie möglich. Man konnte auch nie sicher sein, nicht an der Reihe zu sein, weil man beim letzten Mal schon gebetet hatte. Jeder konnte immer und jedes Mal dran sein.
Ich kann heute sagen, dass es für mein späteres Leben ein eisernes Training bedeutete. Geforderte Spontanietät kann mich heute nicht mehr schocken.
Nach dem Unterricht durften wir noch in den unteren Räumen des Gemeindesaales unter anderem Tischtennis spielen.
Das war dann neben den ersten zaghaften Kontakten zu den Mädchen der eigentliche Grund regelmäßig zu erscheinen.
Letzteres machte auch den sonntäglichen Kirchgang zum erträglichen Genuss.
Es hieß hier auch nicht Kindergottesdienst, sondern Sonntagsschule, was mich nicht besonders störte. Mein einziges Problem war, dass ich gern, ich behaupte auch sehr gut, im Verein Fußballspielen wollte. Die Spiele der B-Jugend fanden aber genau zu den Sonntagschulzeiten statt

und so musste ich zwei Jahre durchhalten und durfte erst nach meiner Konfirmation in den Verein.

Aber bevor es dazu komme konnte, nahm mich die Freie Evangelische Gemeinde komplett in Beschlag. Es hatte sich herumgesprochen, dass ich im Altstadtposaunenchor spielte und so wurde ich systematisch bearbeitet, doch in den gemeindeeigenen Posaunenchor zu kommen.

Ich ließ mich breit schlagen und so war ich mindestens an 4 Tagen der Woche dort.

Auch hier fand das Beten genau wie zuvor beschrieben statt.

Es soll nun nicht der Eindruck entstehen, dass ich etwas gegen das Beten hätte. Aber ich denke, dass dies eine ganz private Angelegenheit ist und es auf jeden Fall absolut blödsinnig ist, andere Menschen zu Zwangsvorbetern machen zu wollen.

Zum Zwangsbeten und anderen mich sehr prägenden Erlebnissen komme ich später zurück.

In diesen Tagen besserte ich zeitweise mein spärliches Taschengeld durch das Trompetespielen in anderen Kapellen auf. Z.B. spielte ich in der Tanzkapelle Muschinski und auch in der Bottroper Feuerwehrkapelle mit. Hauptsächlich konnte ich auf Umzügen, wie zu Nikolaus und St. Martin und auch bei den jährlichen stattfindenden Prozessionen mitspielen.

Als mein Chorleiter davon hörte, war er entrüstet und tat meine anderen Aktivitäten als „Teufelswerk" ab. Auf katholischen Festen Trompetespielen war also Teufelswerk? Es war nicht nur seine Meinung. Fast die ganze Gemeinde hatte die gleiche Einstellung.

Von dem Aufeinanderzugehen, von Toleranz und Respekt vor anderen Menschen (Christen) hatte man noch nie gehört. Ich muss zugeben, dass mich das Ganze schon sehr ankotzte

Obwohl in den siebziger Jahren, waren die Hartliner der Gemeinde so ziemlich im Mittelalter stehen geblieben.
Man verkehrte nur miteinander, man achtete sich nur gegenseitig.
Alles von außen wurde durch Verteufelung abgeblockt.
Gedanklich befand ich mich sicher bei Einigen bereits auf dem Scheiterhaufen.

Es gab aber als ich ungefähr fünfzehn war auch erfreulichere persönliche Entwicklungen:
Meine Freundin Ruth, genannt Rutchen.
Rutchen hatte wunderschönes, schwarz gelocktes Haar mit einem leichten rötlichen Schimmern.
Sie war die Tochter des Rektors einer Grundschule.
Gleichzeitig war ihr Bruder Helmut in meiner Klasse auf dem Jungengymnasium
Das war von sehr großem Vorteil. Ich besuchte Helmut sehr oft und auch Helmut kam mit seiner Schwester zu uns nach Hause. Zufall war auch, dass meine Schwester wiederum in die gleiche Klasse wie Rutchen ging. So waren wir eine ganze Weile lang unzertrennlich.
Ich himmelte Rutchen an. Sie war für mich irgendwie heilig. Niemand durfte ihr zu nahe kommen. Auch für mich war sie unantastbar.
Dann kam ein Ereignis, dass mich schneller erwachsener werden lies, als ich es zu diesem Zeitpunkt wollte.
Alle Jugendlichen aus der Gemeinde - wir waren ca. fünfzehn Jungen und Mädchen fuhren zu einer Bibelfreizeit.
Freizeit war eine schöne Bezeichnung für keine freie Zeit.
Zwischen Beten und Bibelkunde (Bibel lesen und verstehen) gab es allerdings auch lichte Momente, in denen wir Fußballspielen und auch andere Dinge, die wir unter Aufsicht machen durften.
Das Beste waren die Nächte, in denen wir Jungen allerlei Streiche spielten.

In einer Nacht trugen wir Birgit, ein Mädchen mit einem sehr, sehr tiefen, todesähnlichen Schlaf mit ihrer Matratze auf den Flur, wo sie auch morgens dann erwachte.

Dann war da Dieter, ein kleiner, dicker Junge mit Igelschnitt und Froschaugen, der immer von Supermann träumte. Auch tagsüber begleitete ihn jederzeit Superman.

Also weckten wir Dieter aus seinem Tiefschlaf und sprachen ihn an, als wenn Superman mit ihm sprechen würde. Gleichzeitig hielten wir Taschenlampen, die nur mit den nackten Glühbirnen bestückt waren so in unseren Händen, dass das Licht als einzige Lichtquelle im Raum nur durch unsere Hände, bzw. nur durch unsere Finger strahlte.

Es muss wohl für Dieter ein riesiger Schock gewesen sein, denn er brauchte noch einige Tage und Nächte sich davon zu erholen. Allerdings sprach er nie mehr von Superman und ging uns so nicht mehr auf die Nerven.
Natürlich wollten wir uns auch einen Streich mit Rutchen und meiner Schwester erlauben. Dazu brachten wir einen der Aufpasser dazu mit den Mädchen eine Nachtwanderung zu machen. Wir Jungen wollten das ganze Mädchenzimmer ausräumen.

Gesagt, getan die Mädchen waren weg und wir schlichen uns in das Zimmer. Wir packten die Kleidung in die Koffer zerlegten die Betten und ich begann Rutchens persönliche Dinge einzupacken. Shampoo, Bodylotion und noch andere mir damals unbekannte Requisiten sortierte ich in einen Karton. Dann stieß ich auf einen kleinen Karton mit: Tampons.
Was in diesem Augenblick mit und in mir passierte, kann ich kaum ausdrücken.

Ich sah meine Freundin Rutchen, meinen Kumpel, meine
unantastbare Ikone auf einmal mit ganz anderen Augen.

Sie war plötzlich nicht mehr das süße, schutzbedürftige
Mädchen -
SIE WAR EINE FRAU!!
Ich weiß nicht, was los war, aber mein Leben hatte sich
durch diese Erkenntnis verändert.
War es meine Naivität, war es einfach meine
Unerfahrenheit, oder war es das Bild des Mädchens, das
sich für mich und in mir unaufhaltsam in eine Frau
verwandelte?

Wenn es für einen Jungen oder Mann einen
Menstruationsschock geben konnte, so hatte ich einen!
Ich weiß nicht mehr genau was in dieser Nacht weiter
passierte. Bestimmt habe ich verdrängt, dass sich Ruth - ja,
sie konnte nun nicht mehr mein Rutchen sein und meine
Schwester fürchterlich über unseren Streich geärgert hatten.

Den Rest der Jugendfreizeit verbrachte ich meistens mit
Grübeln. Auch die Unbefangenheit gegenüber Ruth war
nicht mehr vorhanden. Alles war anders für mich geworden.
Ich spürte so ein Gefühl wie Unterlegenheit, wie
Verlegenheit und Ruth war auf einmal in eine für mich
unerreichbare Entfernung gerückt worden.

Nach der Freizeit veränderte sich unsere Freundschaft
rapide, was sicher an meinem unbeholfenen Verhalten lag.
Wir sahen uns nur noch selten und langsam schlief der
Kontakt ein.

Ich denke, dass ich damals für eine richtige Freundschaft und vor allen Dingen für mehr als das, noch nicht reif gewesen bin.
Aber irgendwie hat mich Ruth, wenn auch unbewusst, ein Stückchen mehr zum Mann gemacht.

Gehirnwäsche und andere Manipulationen

Zwei Jahre später besuchte Marlies, die Schwester meiner damaligen Freundin Monika ebenfalls eine vierzehntägige Jugendfreizeit.

Begeistert und völlig euphorisch erzählte Marlies von ihren Erlebnissen.

Sie redete von Jesus als wenn er sie auf den Mund geküsst hatte. Für Marlies stand fest, dass sie während der Freizeit Jesus gesehen hatte. Von diesem Ereignis hatten alle Jugendlichen berichtet, die gleichfalls teilgenommen hatten.

Die Erzählungen waren verwirrt, laut, dann wieder leise und immer wieder durch Aufschreie wie" ich liebe Jesus" und durch lauten Gesang von Chorälen unterbrochen.

Besonders schlimm war, dass Marlies sehr aufgedreht, aber auf der anderen Seite auch sehr erschöpft war. Sie war kaum zu bremsen und dann verharrte sie plötzlich wieder und bekam kurze Zeit später einen Weinkrampf.

Sie war nicht mehr fähig die einfachsten Dinge zu erledigen. Die Folge war eine Psychotherapie, die sich über einige Wochen hinzog.

Dann war Marlies wieder klar im Kopf.

Die Symptome sind wohl durch eine Art Gehirnwäsche ausgelöst worden.

Man glaubt durch permanente Suggestionen das zu sehen, was man sehen will.

Diese Technik wird unter anderem heute bei Sekten angewandt, die so ihre „Jünger" gefügig und abhängig machen.

Ich selbst habe etwas Ähnliches einige Zeit danach am eigenen Leib erfahren.

Von der Gemeinde wurde eine so genannte
Evangelisationswoche in einem großen Zelt durchgeführt.
An den sieben Tagen gab es verschiedene Veranstaltungen
für jedermann. Neugierige Fremde
waren dort sehr willkommen.
Alles war lieb und nett. Jeder Interessent wurde freundlich
begrüßt, bewirtet und umgarnt. Themen gab es genug: Gott
und die Welt, die Welt und der Mensch, das Tier, die
Pflanzen und die Erziehung der Kinder waren beliebte und
auch gut besuchte Gesprächsrunden. Auch an die Umwelt
wurde schon ein wenig gedacht.

Geleitet wurde das Ganze von einem gewieften Prediger,
der eigens aus der Schweiz angereist war.

Uns Gemeindemitgliedern war eine ganz besondere Rolle
zugedacht. Wir bekamen abwechseld zum Ende der
Veranstaltung eine Erleuchtung. Das sah so aus, dass zum
Schluss immer, man ahnt es schon, gebetet wurde. Jeder der
wollte, konnte und sollte sich als Vorbeter präsentieren.
An den ersten sechs Tagen bekam jeder aus der Gemeinde
nach und nach eine Erleuchtung.

Jeder hatte Jesus gesehen, jeder hatte Jesus körperlich und
seelisch gespürt und jeder sagte sein Gebet, was sehr
authentisch rüber kam.

Jeder außer mir. Ich spürte nichts, ich sah ich nichts, ich
konnte und wollte nichts sagen.
Ich hatte als Einziger keine Erleuchtung!
Dabei fühlte ich mich noch ganz gut und ich hatte noch
nicht einmal ein schlechtes Gewissen.
Das sollte sich aber bald ändern.

Der Prediger wusste wohl, wer zur Gemeinde gehörte und funktionierte wie ein Schweitzer Taschenmesser. Er konnte

sich also genau herauspicken, wer noch nicht erleuchtet worden war. Und das war ich!

Nachdem alle erleuchtet und frohlockt hatten, kam ich an die Reihe.
Der Peiniger, pardon, der Prediger wartete bis zur letzten Minute. Ich war absolut der Letzte, der seinen Spruch aufsagen musste. Mir war heiß und kalt, ich war verschreckt und wütend, aber ich konnte nichts dagegen machen. Und niemand wollte oder konnte mir helfen.

Also sagte ich stockend mein Gebet, dass ich Jesus gesehen habe und nun glücklich sei, usw, usw.

Mir war so übel, dass ich anschließend aus dem Evangelisationszelt herausstürmte und mich übergab.
Ich spuckte so auf meine Weise jedes dieser verlogenen Worte, jede frei erfundenen Silbe, jeden durch die Nötigung erzwungenen Satz, heraus.
Ich fühlte mich seelisch vergewaltigt und ich verspürte diese Vergewaltigung am ganzen Körper.

Es dauerte eine ganze Weile bis ich mich von der Sache erholt hatte.

Niemals und niemand hat mich später zu einem Satz oder nur zu einer Silbe drängen können, hinter der ich nicht gestanden habe.

Die „Freie Evangelische Gemeinde" war für mich von
diesem Zeitpunkt an Geschichte,
eine schreckliche Geschichte.

Sport

Wie bereits erwähnt durfte ich erst nach meiner
Konfirmation in Verein Fußball spielen.
Das bedeutete aber nicht, dass ich die ganze Zeit
fußballerisch nichts gemacht hätte.
Ich spielte natürlich in unserer Schülermannschaft und fast
jeden Tag zuhause mit meinen Freunden. Außerdem hatte
ich neben der Musik Sport als Lieblingsfach:
Basketball, Handball, Leichtathletik, Turnen und
Schwimmen haben mir immer viel Spaß gemacht und in den
meisten Bereichen war ich auch ziemlich gut.

Von diesen Sportarten ist später als einzige das
Fußballspielen geblieben.
Ich trat als Fünfzehnjähriger einem Verein bei und spielte
zunächst in der B-Jugend-Mannschaft Linksaußen. Im
Prinzip war es egal wo ich eingesetzt wurde, ich war im Tor
wie auch auf allen anderen Positionen zuhause.

So kam es, dass ich nach einem Jahr in der B-Jugend im Tor
der A-Jugend spielte und nach wiederum einem Jahr
vorzeitig zum Senior erklärt wurde und in der ersten
Seniorenmannschaft in der Bezirksliga Stammtorwart
wurde. Dort spielte ich zwei Jahre und wechselte zu einem
anderen Verein ebenfalls in der Bezirksliga. In dieser Zeit
brachte ich es zu Einsätzen in der Stadt-, Kreis- und
Niederrheinauswahl. Außerdem bekam ich eine Einladung
zu einem Lehrgang der Jungendnationalmannschaft nach
Duisburg-Wedau an dem ich aber nicht teilnahm, weil mir
meine berufliche Laufbahn wichtiger war und ich auch
keinen Sonderurlaub beantragen wollte.

Angebote von Rot-Weiß-Essen (erste Bundesliga) und
Union Solingen (zweite Bundesliga) musste ich
ausschlagen, da ich mir zwischenzeitlich eine schwere
Knieverletzung (Meniskusschaden) zugezogen hatte und
außerdem sehr schnell die berufliche Leiter hinaufgeklettert
war und bereits mit zwanzig Jahren stellvertretender
Abteilungsleiter war.

Damit war dann das Kapitel aktiv Fußball zu spielen vorerst
beendet.
Jahre später habe ich es immer mal wieder versucht, aber
das Knie hatte immer Probleme gemacht.

Die einarmige Hochzeit

Ich denke, dass es in jeder Stadt einen Stadtteil gibt, in dem man lieber nicht wohnt.

So gab es auch in meiner Heimatstadt einen Bereich, den man mied und der unter dem Decknamen "Tal der fliegenden Messer" bekannt war.

Dabei gab es hier viele Zechenhäuser, die die Bewohner im Laufe der Zeit für ihre Belange ausgebaut hatten und deren große Gärten sicher als sehr sauber und ordentlich zu bezeichnen waren.

Aber genau wie auf der einen Seite diese schmucken Häuschen, befanden sich auf der anderen Seite ganze Straßenzüge, deren Einwohner diesen Anspruch auf Schönheit nicht hatten und so die Grundstücke und Häuser eher den Eindruck von permanenten Müllkippen machten.

So kam es, dass nur dieser Eindruck von außen betrachtet zurück blieb, obwohl die Bezeichnung sicher eine Pauschalbeurteilung darstellte, ohne genau hingesehen zu haben.

Genau aus dieser Gegend stammte die Freundin meines guten Spiel- und Vereinskameraden Wolfgang. Wolfgang war zwei Jahre älter als ich und die Beziehung mit seiner Freundin Regina hatte schon ein paar Jahre auf dem Buckel.

So kam es wie es wohl kommen musste, Regina und Wolfgang beschlossen zu heiraten.

Wolfgang fragte mich, ob ich sein Trauzeuge sein wolle und es war für mich eine Ehre diese Aufgabe zu übernehmen.

Der Polterabend fand an einem Freitag „Im Tal der fliegenden Messer" statt.

Viele Leute waren gekommen.
Alle Fußballvereinsmitglieder, Reginas und Wolfgangs
Arbeitskollegen und viele Freude und natürlich alle
Verwandten und Nachbarn.

Reginas Eltern hatten im Gemeinschaftsgarten Stühle und
Tische aufgebaut und so verteilten sich alle Besucher vor
und auch im Haus. Ein Nachbar hatte seine
Quetschkommode (Akkordeon) mitgebracht und so wurden
wir abwechselnd durch Akkordeonmusik und Gedröhne aus
alten, knisternden Lautsprechern versorgt bis uns die Ohren
schmerzten.

Man war gut gelaunt und die Stimmung kam zu ihrem ersten
Höhepunkt, als Regina und Wolfgang den Tanz offiziell
eröffneten und jeder einmal (oder mehrfach) mit der Braut,
bzw. dem Bräutigam tanzen durfte.
Nun, bei manchem war es zu diesem Zeitpunkt wohl mehr
ein Stolpern als ein Tanzen.

Vor allen Dingen bei den Herren, die bereits voll getankt
mit Bier, ihre Füße und nicht nur ihre Füße, teilweise kaum
mehr unter Kontrolle hatten, Dazu gehörte auch Werner,
oder hieß er Paul, oder Franz? Ich habe den Namen
vergessen. Aber eines weiß ich noch, er war der andere
Trauzeuge. Ein eher schmächtiges rothaariges Männlein, das
mir als guter Freund von Reginas Seite vorgestellt worden
war.
Auf jeden Fall versuchte er zur vorgerückten Stunde mit
Regina zu tanzen. Es war allerdings mehr ein mühsames
sich auf den Beinen halten und so bewahrte Regina letztlich
ihren Tanzpartner mit verstärktem Körpereinsatz davor,
gänzlich um zu fallen.

Diese eindeutige, aber zweideutige aussehende Situation
wurde aber von einigen Besuchern der Art missverstanden,
dass zunächst ein kleiner Tumult entstand, der sich bald
wieder legte, nachdem die nächsten Verwandten sich wieder
einigermaßen beruhigt hatten.

Auch Werner/Paul/Franz, der überhaupt nicht verstand,
weshalb man sich aufgeregt hatte, kam nach ein paar
Gläsern Mineralwasser wieder besser auf seine eigenen
Füße.

Das bedeutete aber, dass er bei der nächsten Gelegenheit
wieder mit Regina tanzte, was aber dann zum Supergau
führte.

Wolfgangs Vater, dessen Alkoholpegel sich am Rande des
Vollrausches bzw. des Komas befand, bekam nun die Sache
mit und so in den falschen Hals, dass er sich ohne wenn und
aber auf den Rothaarigen stürzte und ihn niederschlug.

Wolfgang versuchte noch seinen Vater von seiner der Tat
abzuhalten. Dabei verlor er das Gleichgewicht und alle
stürzten nach dem gelungenen Fausthieb hin.

Jetzt ging es erst richtig los. Es herrschte ein heilloses
Durcheinander. Jeder kam jedem zur Hilfe, was dazu führte,
dass weil sich alle gleichzeitig ins Getümmel warfen,
plötzlich ein riesiges Menschenknäuel entstand. Der
Bräutigam lag ganz unten und ich hatte Angst, dass er den
Kampf nicht überstehen würde.

Nachdem alles Schreien und Aufrütteln nicht half, lief ich in
die Küche und lenkte die Aufmerksamkeit der Kampfhähne
mit einem kräftigen Wasserstrahl vom Kampfgeschehen
ab.

Komischer Weise hatte die Aktion den gewünschten Effekt
und alle beendeten die Feindseeligkeiten.

Man sortierte seine Knochen und da, wo noch Gehirnzellen arbeitsbereit waren über den Streit nachzudenken, kam man überein, dass der Auslöser wohl nur ein Missverständnis gewesen wäre.

Fast alle hatten sich wieder lieb.

Die Stimmung war allerdings abhanden gekommen.

Einige Zeit später verließ ich den Schauplatz. Ich hatte ja außerdem noch den Auftrag am nächsten Morgen, dem Hochzeitstag, den Blumenschmuck für mein Auto abzuholen.

Gesagt, getan, am nächsten Morgen stand ich pünktlich um 9:30 Uhr vor dem Blumengeschäft.

Aber niemand war da. Gegen 10:00 Uhr kam die Floristin und fragte mich was ich denn wolle. Ich sagte meinen Spruch auf und hoffte auf den Blumenschmuck. Die Verkäuferin lachte und sagte, dass die Hochzeit doch ausfallen würde. Ich war wie vor den Kopf gestoßen.

Die Hochzeit sollte ausfallen? Es konnte sich doch nur um ein Versehen handeln!

Nach einer guten halben Stunde und einigen Telefonaten hatte ich dann den mir bisher entgangenen Rest der Polterabendgeschichte erfahren.

Nachdem ich gegangen war, entflammte der Streit noch einmal auf.

Irgendwie sind dann der Bräutigam und der Rothaarige aneinander geraten.

Bei der Verfolgung des Rothaarigen übersah Wolfgang die Beetbegrenzung, kleine in die Erde eingelassene Eisenstangen, die mit Ketten miteinander verbunden waren, und er stürzte

mit dem rechten Ellenbogen so schwer, dass er umgehend ins Krankenhaus gebracht worden war. Dort sollte er sofort operiert werden. Er hatte einen Trümmerbruch erlitten.

Wegen der am anderen Tage stattfindenden Hochzeit wurde die OP auf zwei Wochen später verschoben, da das Brautpaar eine Hochzeitreise an die Ostsee gebucht hatte.

Die Hochzeit hat dann tatsächlich stattgefunden. Unter vielen Schmerzen absolvierte Wolfgang das Prozedere. Alle Gäste saßen mehr oder weniger stumm herum. Getanzt hat niemand mehr und auch die üblichen Spielchen und Hochzeitsrituale fielen aus.

Eine sehr, sehr traurige Hochzeit, die wie ein schlechtes Omen schien.
Für eine Ehe, die leider bereits nach wenigen Jahren wieder geschieden wurde.

Der Traum von der „Freiheit""

Es war die Zeit der Kreidler Florett und der Herkules K50.
Das waren Mopeds mit 50 ccm Hubraum und bis zu 80
km/h schnell.
Natürlich wollte jeder Jugendliche ein solches Geschoss
sein Eigen nennen. Der amtliche Führerschein spielte bei
den Überlegungen zunächst eine untergeordnete Rolle.
Auch mein sehnsüchtiger Wunsch war eine Herkules zu
fahren. Ich hatte durch meine Ferienarbeiten eine Summe
von 150 DM angespart und meine Oma unterstütze mich mit
weiteren 150 DM und so kaufte ich für 300 DM von einem
Freund eine Herkules K50.
Leider hatte das Moped ein paar kleine Macken, die aber
noch beseitigt werden sollten.
Es fehlte der Außenspiegel und die Maschine sprang nicht
immer an.
Das hinderte mich aber weder am Kauf, noch an diversen
Probefahrten durch die nähere und weitere Umgebung.

Die Herkules war ziemlich schwer. Es lag daran, dass man
damals nur Metall verbauen konnte. Kunststoffe, die bei
vergleichbaren heutigen Fahrzeugen verbaut werden, gab es
noch nicht.
Metall machte die Herkules zwar haltbarer, brachte aber den
Nachteil mit, dass die Maschine viel träger reagierte.
Die Beschleunigung war nicht so gut und man brauchte
mehr Kraft beim Lenken und das vor allen Dingen bei
langsamer Fahrt.

Wenn man erst einmal die Endgeschwindigkeit erreicht
hatte, benötigte man wiederum einen langen Bremsweg und
da zum Stehen zu kommen wo es geplant war.
Ich kann mich gut an einen Ausflug mit meinem Freund
Norbert erinnern.

Wir, Norbert war der Beifahrer, fuhren eine abschüssige
Straße hinunter, die zu einem beschrankten Bahnübergang
führte, wo nach rechts eine Nebenstraße mündete.
Ich wollte eben genau in diese Nebenstraße einbiegen, da
ich mich mit der Geschwindigkeit ein wenig verschätzt hatte
und nicht mit ca. 45 km/h über die Bahnschienen brettern
wollte.
Wir hätten einen so großen Satz gemacht, dass wir uns mit
Sicherheit von der Maschine getrennt hätten und auf den
Schienen gelandet wären.

Der Einmündungsbereich der abbiegenden Straße war aber
so groß und es kam außerdem kein anderes Fahrzeug, dass
wir es gut mit unserer Maschine geschafft hätten, wenn, ja,
wenn nicht Norbert gedacht hätte, dass wir geradeaus fahren
würden und sich so nicht wie ich in die Kurve legte, sondern
kerzengerade auf dem Beifahrersitz verharrte.
Das brachte mich noch Unerfahrenen sehr ins Schwitzen.
Unser Kurvenradius vergrößerte sich immer mehr und so
landeten wir nur leicht abgebremst im Jägerzaun der das
Stellwerkgebäude begrenzte. Neben einigen blauen Flecken
gab es ein paar Teile an meiner Herkules, die so stark
verbogen waren, dass wir die Maschine nach Hause
schieben mussten.

Ich brachte meine Maschine zu dem Freund, der sie mir
verkauft hatte. Er besaß eine abgelegene Garage und dort
wollte er alle reparieren.
Es kam aber leider nie dazu, weil die Garage samt Inhalt
wahrscheinlich durch Brandstiftung
einem Feuer zum Opfer fiel.

Niemand hatte dafür eine Versicherung und damit war mein Traum von der Freiheit des Moped fahren endgültig ausgeträumt.

Vaters Schrebergarten

Ich habe meinen Vater in den ersten Jahren nur als den cholerischen, schreienden und prügelnden Mann kennengelernt. Ich sah immer zu nach Möglichkeit nicht zuhause zu sein, wenn er heim kam. Fast jeden Tag gab es Streit, wobei ich heute denke, dass es nicht so extrem gewesen sein kann. Allerdings ist es so in meiner Erinnerung haften geblieben.

Mit den später gemachten Erfahrungen kommt heute ein anders Bild von meinem Vater zum Vorschein. Das Bild eines Mannes der sich sehr viel Sorgen und Gedanken um seine Familie machte und deshalb oft aus diesen Situationen heraus so reagierte. Er hatte leider nicht die Fähigkeit uns die gute Seite von sich zu zeigen.

Ich glaube, dass seine einzige Möglichkeit dem Alltag zu entfliehen sein Schrebergarten war.

Dort konnte es sich körperlich austoben, alles verändern ohne Zwänge, ohne Diskussionen, ohne Streitereien.

So war er wesentlich ausgeglichener, wenn er nachmittags nicht direkt von der Arbeit nach Hause kam, sondern erst einmal in seinen Schrebergarten fuhr und erst spätabends zur Familie stieß.

Eine Gegebenheit ist in meinem Gedächtnis gut hängen geblieben. Ich hatte mal wieder einen fürchterlichen Streit mit meiner Mutter gehabt. Es ging eigentlich um Nichts, aber sie hatte mich immer wieder ins Gesicht und wo sie mich noch sonst treffen konnte, geschlagen.

Ich schrie sie an, dass sie mich doch ruhig totschlagen könne. Es wäre mir egal.

Das ließ sie sich nicht zweimal sagen, aber wie man sehen und lesen kann, schlug dieser Versuch zum Glück fehl.

Es war einer dieser Momente, in denen Kinder oder Jugendliche einfach weglaufen.

Ich war so weit. Nur weg von meiner Mutter.

Ich war sehr verletzt- körperlich und viel mehr seelisch.
Aufgewühlt fuhr ich zu meinem Vater in den Schrebergarten
und erzählte ihm die Geschichte.
Er beruhigte mich und versprach mit meiner Mutter zu
reden.
Es war die erste vernünftige Unterredung zwischen den
Beiden, die nicht mit Schreierei und Möbelrücken endete.
So vermittelte Vater zwischen meiner Mutter und mir.

Der Schrebergarten war ca. 5 km von unserer Wohnung
entfernt und es war ein massives gemauertes Haus auf dem
Grundstück. Ein bisschen Obst, Gemüse und Kartoffeln
waren der Ertrag des Gartens, zu dem auch eine Rasenfläche
und ein winziger Teich gehörten.
Im Haus gab es eigentlich nur einen Raum. Ein Teil davon
war abgeteilt und diente als Abstellkammer.
Vater hatte immer vor einmal dort mit mir zu übernachten,
aber dazu war es nie gekommen.

Für mich war es immer ein Abenteuer, wenn ich einmal
mitdurfte.
Hinter der Schrebergartenanlage gab es eine Ponyweide. Ich
verbrachte fast die ganze Zeit damit, den Ponys etwas
Leckeres zum Fressen zu suchen und sie zu streicheln.

Als in späteren Jahren mein Vater nach Duisburg versetzt
wurde, konnte er seinen Garten nicht mehr bearbeiten. Es
fehlte ihm einfach die Zeit dazu.
Schweren Herzens musste er ihn verkaufen.
Wenig später bekam er Depressionen, die sich noch als er
Rentner wurde, verstärkten.
Ohne Arbeit, ohne Garten, ohne Perspektiven sah er wohl
für sich keinen richtigen Lebensinhalt mehr.

Da wäre der Schrebergarten sicher die richtige Aufgabe für ihn gewesen, aber Vater hatte zu dieser Zeit seine Kraft und seinen Einsatzwillen verloren.

Zum Glück fand er später im Alter von über 70 Jahren seine Unternehmenslust wieder, aber das ist eine andere Geschichte.

Einkaufsfahrten nach Essen

Wenn ich mir heute unser damaliges Leben vor Augen halte, so ist es verwunderlich ohne Handys, ja gänzlich ohne eigenen Telefonfestnetzanschluss, ohne Internet und ohne Auto, also ohne heutzutage selbstverständlichen Komfort ausgekommen zu sein.

Aber es funktionierte, da die „normale" Bevölkerung kaum etwas von diesen Dingen vermisste. Das Telefonnetz wurde gerade ausgebaut, Handys gab es noch lange nicht und wenn jemand damals von Handys oder dem Internet als eine Vision gesprochen hätte, wäre er sicher als Spinner abgetan worden und wäre evtl. bei weiterer hartnäckiger visionärer Beschreibung dieser irgendwann in der Zukunft bereitstehender Erfindungen wahrscheinlich in einer Nervenheilanstalt gelandet.

Natürlich wäre es schön gewesen ein Telefon benutzen zu können um uns mit unseren Freunden verabreden zu können und es gab natürlich auch zu dieser Zeit wichtige Dinge, die man per Anruf hätte erledigen können. Aber wen sollten wir anrufen? Kaum jemand hatte ein solches Gerät. Nur reiche Leute konnten und wollten sich ein Telefon leisten.

So ähnlich war es auch mit dem Auto. Mein Vater hatte nie einen Führerschein gemacht und meine Mutter erwarb diesen erst viel später, gleichzeitig mit mir als ich zwanzig Jahre alt war.

So waren wir alle vier mit Fahrrädern ausgestattet, mit denen wir auch alle Ziele erreichten, die zu erreichen waren. Meine Mutter fuhr damit zum Einkaufen, meine Schwester und ich zur Schule und mein Vater radelte morgens zur Arbeit und nachmittags von dort zum Schrebergarten und danach nach Hause. Bei schlechtem Wetter standen uns dann der öffentliche Nahverkehr in Form von Bussen und Straßenbahnen zur Verfügung.

In dieser Zeit gab es regelmäßig für die ganze Familie sonntägliche Fahrradausflüge zu einem Erholungsgebiet in der Nachbarstadt, wo wir uns dann unsere Fahrräder mit einem Ruderboot tauschten und so für eine Stunde auf dem kleinen Teich in See stachen.

Das war sehr harmonisch und es sind die gemeinsamen Stunden, an die ich mich gerne und mit ein wenig Wehmut erinnere.

Ein besonders Erlebnis war es zum Einkaufen in die Stadt Essen zu fahren. Das konnten wir natürlich nicht mit den Fahrrädern bewältigen und so fuhren wir entweder mit dem Bus oder der Straßenbahn dorthin.

Ganz am Anfang gab es noch eine Straßenbahn aus Holz mit sehr harten Sitzbänken. Diese holperte über die Schienen und machte Geräusche, dass einem angst und bange wurde. In jeder Kurve wurden wir auf die Seite geschleudert und man brauchte schon eine gewisse Körperbeherrschung um nicht durch die Bahn zu kegeln.

Durchgeschüttelt in Essen angekommen, wurden dann einige Kaufhäuser angesteuert und meistens Kleidung eingekauft. Meine Schwester hatte das große Glück noch sehr jung und damit auch klein zu sein und bekam dadurch bedingt auch immer Sachen, die nur ihr und nicht auch meiner Mutter passten. Bei mir war das leider anders. Ich hatte ungefähr die Größe meines Vaters, der nicht zu den Riesen der Bevölkerung gehörte und so kauften meine Eltern häufig so ein, dass mein Vater und ich wie die Zwillinge ausgestattet wurden.

Er bekam einen Mantel in Beige, eine Cordhose, usw. und ich die gleichen Sachen.

Federführend und sehr bestimmend war in der Auswahl der Kleidung meine Mutter, die kaum einen Widerspruch oder gar Widerstand duldete.

Das Schlimmste was einmal passierte war der Umstand, dass mein Vater einen neuen Hut brauchte. Er suchte sich einen Skyhut aus, einen Hut aus glattem, schwarzem Kunstleder.

Man kannte diese Kappe als so genannten Honneckerhut. Vater sah darin zum Schießen aus. Das wirklich Erschreckende war allerdings, dass ich mit meinen gerade mal zwölf Jahren auch einen dieser Hirnschützer bekam, damit das Zwillingspärchen wieder komplett war. Es war die Hölle für mich. Schon beim Anprobieren schämte ich mich.

Das Ding ist mir zuhause „leider" sehr schnell irgendwie abhanden gekommen, so dass niemand mich mit dem toten, schwarzen Kunstschwein auf dem Kopf erleben konnte.

Es gab aber auch schöne Einkaufsmomente. Wir gingen nach der Einkaufsrunde immer zur KEPA, einem Billigkaufhaus und aßen dort zu Mittag.

Der Kartoffelsalat mit dem Bockwürstchen war ein Gedicht. Es schmeckte meinem Vater, meiner Schwester und mir wohl allein schon deshalb so gut, weil die Kochkünste meiner Mutter eher zum Abnehmen geeignet waren.

Ich glaube meine Mutter hatte einfach andere und vor allen Dingen feinfühligere Geschmacksnerven als wir.

Nicht Durchgewärmtes war für sie gar, Salziges war gut gewürzt, angebrannte Speisen waren
lecker und nicht Gewürztes war eben gesund.

Ihr schmeckte einfach alles was sie zauberte, aber eben meistens nur ihr.

Zum Glück wurde aber niemand vergiftet.

Nach der Erlebniseinkaufstour fuhren wir dann nach Hause und es wurde alles noch einmal an und angezogen und ausprobiert. So blieb uns die Vorfreude auf die nächste Fahrt nach Essen länger erhalten

Nicht für die Schule, sondern für das Leben lernen wir

Ein schönes Wort dessen Bedeutung man erst wenn es zu spät ist versteht.

Mit ging es nicht anders. Nachdem mir die ersten Schuljahre nicht schwer gefallen waren,
schickten meine Eltern mich auf das Städtische Jungengymnasium. Ein sehr altes Gebäude, das vom Krieg verschont geblieben war und dessen imposante Erscheinung mir als Sextaner, so hießen die gerade aus der Volksschule (heute Grundschule) kommenden Schüler, ein wenig Angst einflößte.

Hier war die „Elite" unter sich. Jedenfalls hatte ich diesen Eindruck, denn in meiner Klasse waren Söhne von sehr bekannten Persönlichkeiten der Stadt. Ärzte, Lehrer, der Oberstadtdirektor, der Kämmerer, der Baudezernent usw. schickten ihre Söhne zur charakterlichen und intellektuellen Erbauung auf diese Schule.

Wie weit diese Ansprüche letztlich erfüllt worden waren, steht auf einem ganz anderen Blatt.

Jedenfalls waren anscheinend alle Weichen gestellt, dass man sich später in der Welt der Schönen (na ja…) und Reichen zurechtfinden würde.

Irgendwie fühlte auch ich mich zu Besserem auserkoren, aber diese Einstellung hielt nicht allzu lange an und mich holte die manchmal brutale Realität des Lebens ein.

Ich erkannte sehr schnell, dass es nicht auf den Beruf oder den Status der Eltern ankommt, sondern auf den jeweiligen Menschen und auf das, was jeder aus seinem Leben macht.

Die Anforderungen und der Leistungsdruck waren so groß, wie auch der Unterschied zwischen guten und sehr schlechten Lehrern. So gab es den Kumpeltyp, der sich zu uns ist die Bank (in den ersten Klassen gab es noch

Schulbänke) setze und uns freundschaftlich erklärte wie z.B. Mathematik funktionierte.

Dann waren da die Schlägerstudienräte, die jede Gelegenheit nutzten und ihrem Bewegungsdrang in Richtung Ohrfeigen freie Bahn ließen.

Einer davon ließ es jederzeit zu, dass ein Schüler laut in die Klasse rufen konnte, aber flüsterte er nur leise mit seinem Nachbarn, dann gab es einen Boxkampf, der so aussah, dass unser Studienrat zunächst einen Hieb mit der rechten oder linken Hand vortäuschte und dann erbarmungslos den bedauernswerten Schüler so heftig ins Gesicht schlug, dass dieser bis zum Unterrichtsschuss und darüber hinaus noch ein rotes Gesicht hatte.

Es gab aber auch den Lehrer, der sich kein Mühe machte irgendeinen Schlagversuch anzutäuschen, sondern er schlug mit einer Hand, die so groß war wie ein Pizzateller so kräftig zu, dass eigentlich sehr standhafte, kräftige Schüler rückwärts an die Tafel knallten und sich dann auf dem Boden sitzend wieder fanden.

Einen Biologielehrer muss ich noch erwähnen. Ein abgeklärter, besonnener Mann, der sanft wirkte, aber auch seine eigene Methode der Bestrafung gefunden hatte.

Wenn er der Meinung war, dass ein Schüler bestraft werden müsse, so konnte dieser zwischen drei Strafen wählen. Entweder man musste vier Seiten eines beliebigen Themas schreiben, oder es blieb noch die Wahl zwischen zwei Rottangschlägen (Rottang = stabiler Rohrstock) mit der dicken Seite des Stocks und vier Schlägen mit der dünnen Seite.

Die Wirkung der beiden Seiten habe ich mehrfach ausprobiert. Schläge mit der dicken Seite schmerzten sofort sehr. Diese Schmerzen ließen aber innerhalb der Biostunden schnell nach, während die vier

Schläge mit dem dünnen Ende des Stocks nicht so weh taten
, aber dafür hatte man noch ungefähr zwei Tage davon einen
Erinnerungsschmerz.
Natürlich überzeugte sich unsere Lehrer immer persönlich
vor der Exekution davon, dass wir keine den Schlag
abwehrenden und dämpfenden Materialien in der Hose
hatten.
Übrigens entschied ich mich, nachdem ich die Vorzüge der
einen und anderen Seite getestet hatte, immer für die dicke
Seite.

Das Faustrecht bestimmte die Schulzeit.

Wir Schüler hatten also Beispiele genug, wie man mit
Schwächeren umgehen konnte und so wunderte sich
niemand, dass auch auf dem Schulhof der Einsatz von
Gewalt manchmal die Pausen bestimmte.
Nicht zu schlagen war Schwäche. Schlagen und damit zu
dominieren war Stärke.

Es gab aber auch Lehrer, die genau das Gegenteil vorleben
wollten. Diese wurden von vielen ihrer Kollegen sowie auch
von uns Schülern als Schwächlinge gezeichnet. Nur einige
hielten ein paar Jahre durch. Die meisten dieser Gruppe
verließen sehr schnell wieder die Schule und machten etwas
anderes und in einem Fall erfuhren wir, dass ein Lehrer
sogar in eine geschlossene Anstalt gebracht werden musste.

Meine Beschreibungen lassen vielleicht die Vermutung zu
meine Zeit auf dem Gymnasium hätte nur aus brutalen
Prügeln bestanden. Das ist natürlich Unsinn, aber es sind
sehr präsente Erinnerungen, die immer wieder
hochkommen, wenn ich an die damalige Zeit denke.

Eine der schönsten Geschichten, die ich dort erlebte, hat mit
einem unserer besten und verständnisvollsten Lehrern,
Herrn Michaelis, zu tun.
Wir hatten bei ihm Mathematik und so schrieb er oft
Formeln an die Tafel und erklärte sie uns.
Dadurch war seine Tasche, die er an das Lehrerpult gelehnt
hatte, unbeobachtet. So konnte mein Freund Norbert die
Tasche von dort wegnehmen und dem nächsten hinter ihm
sitzenden Schüler weiterreichen. So gelangte die Tasche bis
in die letzte Reihe. Nun stand Norbert auf, ging nach hinten
und langte durch das offene Fenster und legte die Tasche auf
einen der Fahnenhalter, die unter jedem Fenster im zweiten
Stock außerhalb des Gebäudes angebracht waren. Norbert
kehrte danach an seinen Platz zurück.
Ich diesem Augenblick ging die Klassentür auf und es kam
ein anderer Lehrer in den Raum um mit Herrn Michaelis
kurz zu sprechen. Gleichzeitig entstand ein Durchzug und
das Fenster hinten in der Klasse knallte zu. Es folgte auf den
ersten lauten Knall des Fensters ein zweiter dumpfer
Aufprall. Die Tasche war durch die Erschütterung vom
Fahnenhalter gerutscht und nach unten gefallen. Der
Mitschüler, der dem Fenster am nächsten saß, öffnete
dasselbe wieder und sah, dass sich der Inhalt der Tasche
unten auf der Straße verteilt hatte.
Schnell verbreitete sich diese Information.
Nun mussten wir handeln. Wir wollten die Unterlagen
wieder einsammeln und die Tasche wieder an ihren Platz
bringen. Dazu musste aber ein Schüler nach unten auf die
Straße.
Nacheinander meldeten wir uns und sagten Herrn Michaelis,
dass wir zur Toilette gehen wollten. Aber irgendwie hatte er
wohl doch etwas mitbekommen und so ließ er uns nicht

gehen. Er dachte wohl, dass es sich um eine Tasche eines
Schülers handeln würde. Nach einigen Versuchen gaben wir
auf und zitterten dem Ende der Unterrichtsstunde entgegen.
Endlich klingelte es zur Pause und Herr Michaelis sagte zu
Norbert, dass er jetzt seine Tasche wieder heraufholen
könne. Dieser stammelte: „Es tut mir leid Herr Michaelis,
aber es ist Ihre Tasche, die unten liegt."
Herr Michaelis reagierte scheinbar gelassen und bat uns
seine Tasche heraufzuholen.
Die ganze Klasse stürmte nach unten und sammelte die
Blätter auf.

Die Sache hatte kein Nachspiel für uns! Er hatte auch später
niemand von dem Streich erzählt.
Dieser Lehrer war niemals mehr Ziel eines Streiches.
Wir begegneten ihm ab sofort mit sehr großem Respekt,
denn die Sache hätte für uns zu ernsten Konsequenzen
führen können.

Das andere Geschlecht

Meine ersten Gehversuche mit Mädchen stammen aus der Kindergartenzeit.

Ich erinnere mich an ein Foto mit einem hübschen Kind mit Chinesenhut, dass mich mit ihr Hand in Hand zeigt. Na ja so wirklich erinnern kann ich mich nicht mehr, aber dafür sind mir andere Mädchen noch stark im Gedächtnis haften geblieben. Es waren allerdings mehr Kumpel, die mehr aus Versehen gleichzeitig auch Mädchen waren. Einige davon spielten auch mit uns Jungen Fußball und das nicht einmal schlecht. Offiziell durfte zu dieser Zeit das so genannte schwache Geschlecht nicht Fußballspielen. Mädchen oder Frauenmannschaften gab es erst sehr viel später. Aber auf unsere Kumpel konnten wir uns verlassen, obwohl wir immer ein wenig Angst hatten sie nicht zu verletzen.

So gehörten Monika, Marlies, Alexandra und andere zumindest zu unserem Trainingsteam.

Erst als ich auf das Gymnasium ging, sah ich das andere Geschlecht mit anderen Augen.

Danach gehörten die sportlichen gemeinsamen Trainingseinheiten der Vergangenheit an.

So richtig Kontakt bekam ich mit der Zeit, wie bereits beschrieben, durch Rutchen und als die ersten Mädchen die männliche Bannmeile Jungengymnasium durchbrachen und dort auf einige Klassen verteilt wurden.

Ja, wir hatten auf einmal gemischte Klassen, man stelle es sich bildlich vor, im Jungengymnasium.

Eines hatte die weiblichen Mitschüler aber auf jeden Fall bewirkt:

Die körperlichen Bestrafungen der Lehrer hörten auf oder wurden wenigstens weniger und der gesamte Umgangston an der Schule verbesserte sich schlagartig.

Ich weiß nicht, ob das wirklich die Absicht der Schulleitung war, aber wenn wäre es schon ein nahezu idealer Schachzug gewesen.

So verbrachten wir Jungen nicht nur die Unterrichtszeit, sondern auch große Teile unserer Freizeit mit den Mitschülerinnen.
Zurückblickend muss ich aber sagen, dass sich unsere einstigen Kumpel schneller als wir Jungen entwickelten und so waren wir Gleichaltrigen schnell abgemeldet und es erschien in Bezug auf „unsere" Mädchen auf einmal viel ältere männliche Konkurrenz.

Wir hatten diese Schlacht verloren, aber wie wir später merkten, nicht den Krieg.

Die Auseinandersetzung mit der eigenen Sexualität wurde von meinen Eltern nicht unterstützt.
Es gab kein Aufklärungsgespräch, noch nicht einmal die Andeutung davon was auf mich zukommen würde und so blieb es einzig dem Biologieunterricht überlassen, zumindest die wesentlichen Funktionen der tierischen und menschlichen Fortpflanzungsorgane
zu erklären.
Eine richtige Aufklärung, so wie sie heute als Unterrichtsfach üblich, gab es damals noch nicht.
So musste ich, wie viele andere Jungendliche auch, meine ersten praktischen Erfahrungen mit dem eigenen Körper und auch anderen Geschlecht ohne nähere Informationen und praktische Ratschläge machen.
Das war auf der einen Seite sehr spannend und aufregend und auf der anderen Seite zum Teil erschreckend.
Erschreckend deshalb, weil bestimmte körperliche Abläufe nicht zu kontrollieren waren. Manches passierte einfach ohne dass ich es wollte.

Es war nicht so einfach mit allen Eindrücken und Gefühlen
klar zu kommen, und es war nicht leicht die Signale
der Mädchen zu verstehen um darauf richtig reagieren zu
können. Sehr oft empfing ich Signale, die in Wirklichkeit
keine waren.
Und da wo sie eigentlich eindeutig waren, verstand ich sie
nicht.

Die Pubertät hatte begonnen und es gab kein zurück mehr.
Man(n) konnte den Prozess, selbst wenn man es gewollt
hätte, nicht mehr stoppen.

Die Vergangenheit ist die Zeit aus der wir lernen sollten,

die Fehler, die wir in der Gegenwart machen,

in der Zukunft zu vermeiden.

Wolfgang Kirchner

Im November 2009